영혼을
깨우는
시읽기

영혼을
깨우는
시읽기

이현경 엮고 씀

교양인
GYOYANGIN

들어가며

쌀쌀하게 바람 부는 날 낙엽이 흩날리는 모습을 보다가 갑작스레 눈물이 핑 돈다. 머리는 그 이유를 알지 못해도 가슴에서 저절로 애틋한 감정이 솟아나는 것이다. 시도 그처럼 가슴이 먼저 알아듣는다. 그래서 시를 읽다 보면 까닭 없이 뭉클해지거나 애잔한 감정에 한동안 먹먹해지기도 한다.

그중 어떤 시들은 감정의 현(絃)을 건드리는 것을 넘어 우리 안의 진실한 존재, 영혼에 직접 다가온다. 영혼에 말을 걸어 영혼을 깨우는 이 시들은 가슴 밑바닥까지 내려와 쉽게 잠잠해지지 않는 소용돌이를 일으킨다. 혹은 갑자기 환하게 불을 켠 듯 어두웠던 마음 구석을 밝혀준다. 내게는 루미의 〈내면에는 가을이 필요하다네〉가 그랬다.

각자의 내면에는 가을이 계속된다네.
우리의 잎들은 떨어져 물 위로 날아가지.
……

울퉁불퉁한 바위에서는 자라는 게 별로 없으니
평평해지게나 부서지게나.
그러면 그대로부터 들꽃들이 피어날 테니

　몇 번이나 이 시를 읽었지만, 머리로는 잘 이해되지 않았다. 그런데도 가을 잎이 떨어져 물 위로 내려앉는 스산한 이미지와, 울퉁불퉁하고 메마른 바위, 그와 대조되는 작은 들꽃의 생생한 이미지는 좀처럼 지워지지 않고 가슴속에 맴돌다 불쑥 솟아오르곤 했다. 들꽃 같은 생명을 피우려면 부서져야 한다고, 쓸데없는 생각의 잎새들을 내면에서 계속 떨어내야 한다고, 그 선명한 이미지들이 다가와 나를 일깨우는 것 같았다.
　카비르의 〈물과 물결〉을 읽으면서는 명상 안내서 한 권을 읽은 것만큼이나 의식이 밝아지고 또렷해졌다. 마치 한 겹 덮여 있던 세상의 참 모습이 눈앞에 드러난 것처럼 환하고 개운했다. 말 그대로 "물결이 일 때도 그것은 물이고／ 물결이 잦아들 때도 역시 물일 뿐"이다. 그런데도 나는 개념적인 구분에 익숙해서, 물과 물결이 서로 별개인 것처럼 여기며 살아왔다. 그것이 얼마나 어처구니없는 사고방식인지를 깨닫는 순간, 내가 갇혀 있던 사고의 틀 하나가 깨져 나갔다.

　그렇게 영혼을 흔드는 시, 신 혹은 진리의 근원에서 울려 나와 우리 가슴에 빛을 밝히는 시 60편을 이 책에 담았다.

첫 문을 열어주는 것은 루미의 아름답고 놀라운 사랑의 시들이다. 루미의 시는 모든 것을 사랑에 걸라고, 심지어 사랑 안에서 죽으라고까지 한다. 그의 시에서 절절하게 노래하는 '님'과의 사랑, '당신'과의 사랑은 인간적인 표현을 입은 채 신과의 합일을 향한다. 수피 신비가였던 루미는 빙글빙글 도는 회전무를 추다가 무아경에 빠진 상태에서 이 사랑의 시들을 읊조렸다. 지극히 황홀한 무아경 속에서 '님'이신 신과 하나가 되는 일, 다시 말해 인간의 영혼이 신의 고귀한 사랑 안에 녹아들어 고양되는 영혼의 연금술이 루미가 추구했던 최고의 영적 여정이었다. 루미의 시들은 사랑으로 고양된 영혼의 차원에서 축복처럼 쏟아져 나온 시들이기에, 읽는 이로 하여금 그 길로 따라가고 싶은 감미로운 열망에 들뜨게 한다.

그다음은 평생을 소박하게 베틀에 앉아 일하면서 진리를 향한 구도의 길을 노래한 카비르의 시들이 이어진다. 카비르는 평생을 직조공으로 살았으나 그의 시는 인도의 시성(詩聖)이라 불리는 타고르를 비롯해 많은 구도자들에게 오래도록 영감을 주었다. 카비르의 시는 구도의 길을 묻는 이들에게 가슴을 따르라고 일러준다. 진리가 멀리 있다고 믿고 이를 찾아나서는 일이 얼마나 어리석은지를 따뜻하고 유쾌한 노래로 일깨워준다. 그의 시들은 진흙 항아리나 옷처럼 일상의 물건과 생활을 빗대어 쓴 것이어서 쉽게 읽히고 친근하게 다가온다. 그러면서도 일상에 깃든 진리의 모습과 신성한 느낌을 오묘하게 드러낸다. 카비르의 시를 읽다 보면 신성함이 아주 가까이 있는 듯한 신비감에 싸여 그처럼 가슴으로 난 길을 따라가 보고 싶어진다.

이어지는 토머스 머튼의 시들은 세상을 뒤로 하고 수도원의 고요 속으로 침잠해 들어간 수도자의 목소리를 들려준다. 머튼의 시에서는 침묵에 인도되는 수도자의 영적 여정이 펼쳐진다. 방에서 침묵과 고독에 잠기면 벽들이 영혼을 향해 말을 걸어 오고, 숲으로 나가 침묵 속에 머물면 나무와 새와 바람과 더불어 멋진 예배를 드리게 되는 광경이 그의 시에서 투명하고도 생동감 있게 드러난다. 눈 덮인 겨울 나무가 온 존재로 기도하고 있다는 것을, 그 고독의 기도가 궁극의 무한에 가 닿는 장엄한 일임을, 머튼의 시 한 편으로 가슴 벅차게 깨달을 수도 있다. 고독이 절대자나 무한에 이르는 길이라 일러주는 머튼의 시들을 읽노라면, 누구나 영혼에 침묵이 얼마나 소중한지 깨닫고 홀로 조용히 지내는 시간들을 누리고 싶어질 것이다.

마지막으로, 틱낫한의 시들은 보이는 세계의 베일을 들어올려 감추어져 있던 세상 만물의 연결, 그의 표현에 따르면 '서로 안에 있음'을 우리 영혼에 일깨워준다. 그의 시는 '나'는 곧 '너'라는 것, 해는 이미 강 안에 들어 있고, 구름과 강과 더불어 내 안에도 들어온다는 것을 아름답고 입체적인 영상처럼 보여준다. 우리를 잊고 있었던 근원적인 연결로 다시 데려가 자비로운 마음으로 이어놓는다. 그래서 틱낫한의 시를 천천히 읽는 동안에 영혼이 깨어나고 마음이 순수해진다. 그 깨어있는 마음으로 한 걸음씩 내딛는다면 정말 모든 걸음마다 꽃이 피어나리라고 믿게 된다. 그리고 우리 영혼은 매 순간 그렇게 걷고 싶어 했음을 알게 된다.

　이런 시를 처음 만나는 독자들을 위해 시마다 짤막한 해설을 덧붙였다. 물론 각각의 시는 고유한 진리의 빛을 발하며 직접 독자들의 가슴으로 다가간다. 이 책의 해설은 그 빛이 더 잘 비치도록 틈새를 만들어준 것뿐이니, 읽는 이들은 시가 자신에게 다가오는 바대로 이해하면 된다. 또한 이 시들은 한 번 읽고 덮어 둘 시들이 아니다. 다시 읽을수록 새록새록 영혼에 파문을 일으키며 깊이 다가올 것이다. 좀처럼 이해하기 어려운 시도 있을 테지만 실망하지 않기를 바란다. 자신에게 깊은 울림으로 다가오는 시 한두 편, 혹은 가슴을 환히 밝히는 몇 구절을 새기는 것으로도 영혼의 여정은 시작될 수 있다. 많은 이들이 작은 문과도 같은 이 책을 거쳐 각 시인이 이끄는 드넓은 영혼의 시 세계로 나아가길 기대해본다.

감사의 말

광대한 진리를 노래하여 우리의 잠든 영혼을 일깨우는 네 분의 시인에게 가장 먼저 감사드린다. 처음에는 기존 번역에 짧은 해설만 덧붙일 생각이었다. 그런데 카비르의 시는 번역에 따라 표현의 차이가 컸고, 머튼의 시는 국내에 소개된 것이 거의 없었다. 그래서 생각지 않게 루미, 카비르, 머튼의 시는 새로 번역하여 싣게 되었다. 다만 틱낫한의 시는 이현주 님의 번역을 따랐다. 자신의 번역을 쓸 수 있도록 흔쾌히 허락해주신 이현주 님께 이 자리를 빌려 감사 인사를 드린다.

이 책을 위해 시 번역을 하는 과정에서, 나와 함께 각 시인별로 영문 시를 읽으며 그 깊이를 가늠해주신 분들께 고마움을 전한다. 루미의 시는 대전에 사는 이건종 님, 카비르의 시는 임희근 님, 머튼의 시는 박언영 님, 그리고 틱낫한의 시는 이정현 님과 함께 읽었다. 따뜻한 눈빛과 목소리로 시를 읽고 자신의 안목으로 비춰준 분들 덕에 더욱 다채롭고 풍부하게 시들을 이해할 수 있었다.

시를 소개하는 김에 짧게라도 각 시인의 생애와 시 세계를 안내하고 싶어 소개 글을 덧붙였다. 루미에 대해서는 2014년 초에 우리말로 번역 출간된 안네마리 쉼멜의 《루미 평전: 나는 바람 그대는 불》이 좋은 참고가 되었다. 카비르의 경우는 타고르가 펴낸 책 《카비르 시 100선》에 그가 직접 쓴 '소개 글'을 밑바탕 삼았다. 머튼의 시 세계에 대해서는 토머스 머튼 센터(http://www.merton.org)에서 읽은 앨런 올터니의 〈토머스 머튼 시론: 신성한 계절의 문장〉을 많이 참고하였다. 애정과 존경 어린 시선으로 각 시인의 넓고도 깊은 시 세계를 해석해낸 이들의 노력에 큰 빚을 졌고 고개 숙여 감사드린다.

네 분의 시를 수십 번씩 읽고 새기며 그들이 노래한 깊이까지 다가가보는 일은 내 영혼에도 새로 빛을 밝히는 또 하나의 영적 여정이었다. 이 감사하고 충만한 여정의 출발은 '마음비추기' 피정과 '온전함에 이르는 대화' 워크숍에서 수없이 함께 읽었던 영적인 시들에서 비롯되었다. 피정의 동료들과, 서로의 목소리로 시를 읽어주며 감동을 나누었던 피정 및 워크숍 참가자들에게 두 손 모아 인사를 드린다.

내 인생의 보물 같은 책들을 소개한 《영혼을 깨우는 책읽기》로 인연을 맺은 후, 영혼을 깨우는 시들을 소개하는 이 책에도 깊은 관심을 보이며 선뜻 출판을 허락한 교양인 출판사에 커다란 지지를 받았다. 편집진과 함께 원고를 검토하고 편집 방향을 의논하는 일은 언제나 의욕과 신선한 기대를 나누는 즐거운 소통의 과정이었다.

탁월한 지혜와 가르침이 담긴 시들이 책으로 엮여 세상 사람들에게 다가간다. 가물가물 꺼져 가는 생명의 촛불 앞에서 아직도 딸의 목소리에 귀를 기울이는 엄마의 맑은 영혼 앞에 이 책을 놓는다. 그리고 세상에서는 배가 침몰하고 삶에서는 희망이 가라앉는 듯한 시절을 통과할 때에, 이 시들로 인해 알 수 없는 기쁨과 평화에 뿌리내리게 만들었던, 내 안의 근원, 무한한 빛의 이끄심에 내 혼을 다해 감사드린다.

차 례

들어가며
감사의 말

2장 가슴을 따라 내 님께로 / 카비르의 시

3장 침묵이 손짓하는 곳으로 / 머튼의 시

4장 발걸음마다 피는 꽃 / 틱낫한의 시

1장

사랑의
연금술

☙

루미의 시

여인숙

인간이란 여인숙
매일 아침 새로운 손님이 도착한다.

기쁨, 우울, 초라함
몇 가지 순간적인 깨달음들이
뜻밖의 손님으로 찾아온다.

그들 모두를 환영하고 잘 대하라.
그들이 한 무리의 슬픔이라서
그대 집을 난폭하게 휩쓸고
가구들을 다 없애더라도
여전히 각각의 손님을 존중하여 대접하라.
아마도 그는 새로운 상쾌함을 위해
그대를 청소해주는 것일 테니.

암울한 생각, 수치심, 못된 마음
그들도 문에서 웃으며 맞이하라.
그리고 안으로 초대해 들이라.

그 누가 오든지 감사하라.
각각의 손님은 안내자로서
저 위로부터 보내졌을 테니.

인간이란 여인숙, 그것도 꿈으로 지은 여인숙이다. 많은 것이 꿈처럼 몽롱하여서 자신의 삶에 다가오는 사람들, 경험들, 상황들의 실상을 생생하게 보지 못한다. 돌이켜 보면 장미의 향기와 색깔에 취해 기쁨이라 이름 붙이고 다가갔다가 가시에 찔리는 아픔을 맛본 적이 얼마나 많았던가. 눈물 뚝뚝 흘리도록 슬픔의 긴 옷자락을 끌고 왔던 일이나, 자신의 내면을 "난폭하게 휩쓸고 가구들을 다 없애는" 듯한 고통스런 경험 끝에, 별빛 같은 깨우침을 얻고 새로운 변화와 성장으로 돌아선 일 또한 얼마나 많았던가.

　주디 브라운(Judy Brown)은 〈네〉라는 시에서 이렇게 노래했다.

"기쁨과 슬픔
그 어느 하나라도 부정한다면
삶을 부정하는 것.

그렇기에
기쁨과 슬픔
모두에게
조용히 대답한다.
'네'라고."

　루미는 "네"라고 수용하는 데서 한 걸음 더 나아가 '감사하라'고 말한다. 기쁨의 모습으로 오든 슬픔의 모습으로 오든, 그 모든 것은 손님, '나'라는 여인숙에 꿈결처럼 잠시 머물다 떠나갈 손님일 뿐이므로. 그것도 위대한 근원이 축복 속에 보낸 안내자이므로.

생각 너머

옳고 그름의 생각 너머에
들판이 있다.
거기서 그대를 만나리라.

영혼이 그 풀밭 위로 누우면
세상은 너무도 충만하여 말로 다할 수 없다.
생각도 언어도
'서로'라는 말조차
아무런 의미를 갖지 못한다.

푸르고 아름답게만 보이는 숲도 자세히 들여다보면 삶과 죽음이 한꺼번에 펼쳐진다. 생기에 찬 칡덩굴이 감아오르면 어린 나무는 죽어간다. 잠자리 한 마리 거미줄에 걸려 헐떡대지만 거미는 그것을 먹고 생을 유지한다. 거세게 부는 비바람에 작은 풀과 나무들이 쓰러지고, 그 빈 자리에 새로 꽃과 나무들이 자라난다. 이처럼 번성과 쇠퇴가 맞물려 있는 모습 안에서 옳고 그름을 구분짓는 인간의 판단은 길을 잃는다.

　숲은 인간이 꽃이라 거미라 이름 붙여 구별짓는 모든 생명을 그저 품고 기른다. 자연의 생명들은 옳고 그름이 없이 서로를 낳아주고 서로를 먹여주고 서로의 죽음을 받아들인다. 유심히 보면 인간 세상의 풍경도 그렇게 운행된다. 옳음에 집착하지 않고 옳은 일을 하고, 그름을 대해도 그 이면의 긍정성을 보아야 삶에 대한 균형 감각을 유지할 수 있다.

　장자는 "만물은 본래 완성도 파괴도 없이 다 함께 하나다.(凡物 無成與毀 復通爲一)"라고 했다. '옳고 그름의 생각 너머'로 나아가야 모든 것이 모든 것과 맞물린 들판, 새로운 지평이 광활하게 열린다. 삶과 죽음, 옳음과 그름, 안과 밖이 하나인 그 들판에 마음이 자리하면 "세상은 너무도 충만하여" 그 안에 편히 잠길 수 있다.

이 고독

이 고독이
천 번의 인생보다 가치가 있다.
이 자유가
지구의 모든 나라보다 가치가 있다.

다만 한 순간이라도
진리와 하나 되는 것이
세계와 인생 전부보다
가치가 있다.

천 번의 인생을 살아보면 즐거울까 생각해본다. 최면치료 전문가인 조엘 휘턴(Joel Whitton)이 연구한 바에 따르면 한 사람이 20~25 생까지도 전생을 기억하는데, 그 중에는 전쟁에 나가거나 다치거나 고통받은 경험들도 많이 있다고 한다. 좋은 일이 가득한 생애가 이어지지 않을 바에야 천 번을 반복할 필요는 없을 것이다. 한편으로 지구의 모든 나라를 다 돌아다니며 그들의 풍경과 문화를 맛본다 한들, 슬프고 괴로운 일을 겪지 않는 나라도 없을 터이다.

이 시에서는 천 번의 인생이나 지구의 모든 나라보다 더 가치 있는 것이 고독이라고 한다. 가톨릭 신부인 머튼(Thomas Merton)은 이렇게 말했다. "우리는 '세상'이라고 하는 거짓과 욕정의 바다로부터 구원되어야 합니다. 우리는 무엇보다도 우리의 현세적인 자아인 혼동과 부조리의 심연으로부터 구원되어야 합니다. 사람은 개체로부터 구조되어야 합니다." 이 시에서처럼 개체로서 살아가는 인생은 가치 있는 것이 아니라는 뜻이다.

고독이 그토록 소중한 까닭이 있다. 고요 속으로 들어가는 순간, 우리는 분리된 에고의 마음 아래 열리는 존재의 중심에 연결된다. 이 참된 존재는 모든 것과 하나이고 평화이자 자비이기에, '개체로서의 나'를 넘어서고, '세상'을 욕망과 갈등의 장으로 대하던 마음에서 돌아선다. 고독을 통해 비로소 에고의 인생, 에고의 세상에 마침표를 찍는 것이다. 그러므로 진실로, "다만 한 순간이라도/ 진리와 하나 되는 것이/ 세계와 인생 전부보다/ 가치가 있다."

너 자신의 신화를 펼쳐라

누가 동트는 순간을 맞으러 일찍 일어나는가
누가 여기, 원자들처럼 원을 그리며
빙글빙글 도는 우리를 발견하는가
누가 목마른 샘가로 찾아와
거기 비친 달을 보는가

누가 야곱처럼, 비탄의 세월 속에 눈멀었으나
아들 옷의 냄새를 맡고 다시 눈을 뜰 수 있는가
누가 억수같이 비를 퍼붓게 하고
유창한 예언자를 기르겠는가
혹은 누가 모세처럼 불을 찾으러 갔다가
일출 속에서 타오르는 것을 발견하겠는가

예수는 적을 피하러 들어간 집에서
다른 세상으로 향하는 문을 열었다.
솔로몬은 물고기 배를 갈라
금반지를 찾아냈다.
오마르는 예언자를 죽이러 쳐들어갔다가*

축복을 받고 떠났다.

사슴을 쫓다가는 사방으로 뛰어다니다 말리라.
진주조개는 입을 열어 한 방울을 삼켰으나
이제는 진주를 품고 있다.
어떤 부랑자는 황량한 폐허를 떠돌다가
갑작스레 부자가 되었다.

그러나
그런 이야기들에 만족하지 말라.
다른 사람들이 어찌 했다는 그런 이야기는

너 자신의 신화를 펼쳐라.
복잡하게 설명할 것 없이
하여 누구나 그 여정을 이해할 수 있도록
너에게 모든 게 열려 있으니

신의 사랑, 샹스를 향해 걸어라.

다리가 무거워지고 피곤할 것이다.
그때 날개가 다 자랐음을 느끼리라.
날아올라라.

예수, 모세, 마호메트, 석가모니, 공자, 노자, 솔로몬, 레오나르도 다빈치, 아인슈타인, 간디, 마더 테레사…… 위대한 인물들은 많고 신화와 전설이 되어버린 그들의 이야기는 너무 대단해서 보통 사람에게는 아득하게 느껴진다. 마더 테레사는 어떻게 그 많은 빈자들의 어머니가 되어 위대한 업적을 이루었냐는 질문에, 자신의 손도 다른 사람처럼 두 개이며 한 번에 한 사람만을 먹일 수 있었다고 답했다. 마치 바다에 물 한 방울을 더하는 것처럼 한 번에 한 사람씩 먹임으로써 수만 명을 굶주림에서 구했다는 얘기였다.

　위대한 인물이나 평범한 사람 모두 두 손으로 일했고 하나의 심장이 뛰어 생존했다. 각자의 내면에 자리한 지혜와 자비의 본성 역시 누구에게나 동일하며 늘지도 줄지도 않는다. 그러니 누구도 흉내낼 수 없는 "너 자신의 신화를 펼쳐라"라고, 충분히 펼칠 수 있다고 이 시는 노래한다.

　두 손에 사랑을 담아 가족을 어루만지고, 동료와 이웃에게 깊은 연민의 눈길을 보내고, 깨어있는 발걸음으로 거리를 걸으며 기쁨과 활기를 세상에 가져오는 데서 자신의 신화는 시작된다. 사소한 일상을 진심으로 대함으로써 그 모든 것에 '신의 사랑', 곧 근원의 충만함이 흘러들어 신화와 같은 일들이 이루어진다. 그러다 문득 눈이 환히 열려 온전한 하나를 마주칠지 모르며, 잊었던 날개가 펼쳐져 존재의 창공으로 날아오를지도 모른다.

모든 것을 사랑에 걸어야 하리

1.
연못을 떠나본 적 없는 개구리에게
바다로 가는 건
모든 것을 거는 도박 같은 일

그는 포기해야만 하리
안전함과 익숙한 자기 세상
자신이 받아 온 인정들을

바다 개구리는 가볍게 고개를 저으며 말할 뿐
"바다가 어떤지 설명할 길은 없다.
　언젠가 거기로 데려다 줄 수는 있어도"

2.
눈에 보이는 세상이 뭔가 주기를 바란다면
그대는 한낱 일꾼일 뿐

보이지 않는 세계를 원한다면

그대는 자신의 진실을 살지 않는 것

두 바람 모두 어리석으나
그대가 잊었음은 용서받으리
그대 진정 원하는 건 사랑으로 들뜨는 기쁨이었음을

3.
모든 것을 사랑에 걸어야 하리
그대가 참된 인간이라면

그렇지 않다면 이 자리를 떠나야 하리
반쪽의 진심으로는 성전에 닿을 수 없으니

신을 찾아 나섰으면서
그대는 너무도 오랫동안
남루한 선술집에 머뭇대고 있느니

물의 근원, 바다를 보겠다고 마음먹었다면 익숙했던 연못을 떠나야 한다. 이는 연못가에서 누렸던 소소한 즐거움과 안전함도 포기하는 일이다. 그래야 비로소 바다로 가는 여정이 시작된다. 누가 그럴듯한 바다 이야기를 들려준다 해도 그건 한갓 이야기일 뿐, 자신이 직접 가서 푸른 물과 파도 소리, 바람에 실려오는 바다 냄새를 보고 느껴야 바다를 알게 된다.

　사람은 지구별 여행자라고 한다. 순수하게 빛나는 영혼이 천상의 세계에서 지상의 세계로 하강한 까닭은 현상계라는 보이는 세계를 통해 보이지 않는 궁극의 세계를 깨닫고자 함일지 모른다. 그러니 깨달음의 길을 가고자 한다면 둘 중 어느 세계도 외면하거나 부정할 수 없다.

　참된 인간의 길을 걷기 위해서는 자신의 전부를, "모든 것을 사랑에 걸어야" 한다. 만물이 분리된 개체로 보이는 이 허상의 세계에서 궁극으로 가는 길은 하나로 합일되는 사랑을 통과하는 길인 까닭이다. 사랑으로 들뜨는 기쁨을 기억하며 길을 떠나야 하는 구도자에게 지상의 거처들은 기껏해야 잡담의 보따리를 풀어놓는 남루한 곳일 뿐이다. 이 시에서 루미는 더 늦기 전에 모든 것을 사랑에 걸고 나서라고 등을 떠민다.

새벽의 산들바람

새벽의 산들바람에는
그대에게 말해 줄 비밀이 있답니다
다시 잠들지 말아요.

그대가 진정 원하는 것을
요청해야 한답니다
다시 잠들지 말아요.

사람들은 두 세계가 접하는 문지방을 넘어
왔다 가곤 하지요.

그 문은
열려 있고 돌아가는 문이랍니다.
그러니 다시 잠들지 말아요.

새벽은 참으로 마음 푸르른 시간이다. 세상은 아직 잠들어 있고 동트기 전의 여명 속에 별빛 몇 개가 반짝인다. 그 이른 시간 살랑대며 불어오는 산들바람에는 마음을 깨우는 묘음(妙音)이 있다. 밤과 아침 사이, 어둠과 빛 사이, 잠과 깨어남 사이의 경계를 넘나들며 존재의 실상에 대한 비밀을 속삭여줄 듯하다. 그러니 "다시 잠들지 말아요" 라고 이 시는 간청한다.

　사람들은 당연히 밤이 오면 잠자고 아침이면 일어나 세상 속으로 들어간다. 밤에는 꿈을 꾸며 깊은 무의식에 빠져 보내고, 아침부터는 이 세상과 육신을 실체로 아는 에고 의식에 빠져 보낸다. 어쩌면 하루만이 아니라 인생 전부도 삶과 죽음, 이승과 저승이라는 두 세계를 번갈아 맞으며 보내는지 모른다. 눈앞의 현실이 전부인 듯 살다가 때가 되면 죽음을 맞이하고, 언젠가 다른 삶이라는 옷을 입고 와서는 다시 죽음으로 돌아가기를 반복하면서.

　구도의 길을 가는 수행자들은 밤과 아침이 맞닿은 새벽, 그 경계의 시간에 잠들지 않는다. 산들바람에 실려오는 고요에 귀 기울이고, 맑게 깨어있는 마음으로 자신이 원하는 진리의 근원을 보고자 한다. 새벽에 잠들지 않는 구도자는 삶에서 죽음으로 넘어가는 인생의 경계에서도 푸르게 깨어있으리라. 그리하여 마침내 회전문 이쪽 세상으로 돌아오기를 끝내고, 새벽 중의 첫새벽에 머물게 되리라.

내면에는 가을이 필요하다네

그대와 나 이 모든 말들을 나누었네.
그러나 우리 가야 할 길을 위해서는

말이란 전혀 준비물이 아니라네.
준비란 건 없다네, 은총 외에는

나의 잘못은 숨겨져 왔지.
누군가는 그걸 준비라 부르겠지만

내 영혼에 한 방울의 앎이 있으니
그것을 그대의 바다에 녹이도록 하세나.
비록 그에는 많은 위협이 있으나

각자의 내면에는 가을이 계속된다네.
우리의 잎들은 떨어져 물 위로 날아가지.

까마귀 한 마리가 검은 나뭇가지에 앉아
가버린 것들을 이야기한다네.

그래야 비로소 그대의 관대함이 돌아온다네.
봄이, 촉촉함이, 지성이
그리고 히아신스와 장미의 향기가
또한 삼나무의 향기가 돌아온다네.

축복의 요셉이 돌아온 거라네.
자신 안에서 요셉의 새로움을 느끼지 못한다면
고난을 거친 야곱이 되게.
눈물을 흘리고, 그러고 나서 웃게나.

자신이 경험하지 못한 것을
아는 척하지는 말게.

때로 죽어 감이 필요하다네.
그래야 예수가 다시 숨을 쉬시니

울퉁불퉁한 바위에서는 자라는 게 별로 없으니
평평해지게나 부서지게나.

그러면 그대로부터 들꽃들이 피어날 테니

그대
너무 오랫동안 돌처럼 굳어 있었네.
달라지려고 노력해보게나.
내맡기게나.

"각자의 내면에는 가을이 계속된다네.
우리의 잎들은 떨어져 물 위로 날아가지."

지금 바깥의 계절이 여름이든 겨울이든 상관없이 내면의 계절은 가을이다. 인생을 사계절로 보았을 때 현재 봄으로 피어나든 얼어붙은 겨울을 통과하는 중이든, 마음 속 계절만은 가을이어야 할 것이다. 계속 잎들을 떨구어 새로움을 회복하려면 말이다.

우리 마음에는 하루에도 수천 장씩 생각의 잎새들이 돋아난다. 희다 검다, 길다 짧다, 높다 낮다, 짜다 싱겁다, 끝도 없이 돋아난다. 미래를 예지했던 에드거 케이시(Edgar Cayce)는 '생각은 건축가'이며, 사람들의 생각이 곧 그들의 운명을 만든다고 했다.

생각이 끌고 가는 운명은 돌처럼 굳은 사고를 벗어나지 못하는 고뇌의 운명이다. 내면에서 생각의 잎새들이 떨어지고 마음이 비워져야 봄처럼 촉촉하고 생명을 품는 운명이 찾아온다. 그런 삶에 들꽃이 아름답게 피어나고 장미와 삼나무의 싱그러운 향기가 풍긴다.

나무들이 천 년을 사는 비결은 매해 겨울마다 죽고 봄에 다시 살아나는 데 있다. 사람도 가을 잎을 떨구듯 거친 생각들의 '죽어 감'이 있어야, 자신 안의 예수, 참자아가 다시 숨을 쉴 수 있다. 가짜가 죽음으로써 진짜가 부활하는 이치를, 루미는 이 시에서 예언자적 목소리로 들려준다.

새로운 사랑 안에서 죽어라

이 새로운 사랑 안에서 죽어라.
그대 갈 길이 다른 쪽에서 시작되리라.

하늘이 되어라.
도끼를 들고 감옥의 벽을 부숴라.
도망쳐라.
갑작스레 아름다운 세상으로 태어난 사람처럼
걸어 나오라.
지금 그렇게 하라.

그대는 두꺼운 구름에 싸여 있다.
옆으로 미끄러져 나오라, 죽으라.
그리고 고요하라.
고요함은
그대가 죽었다는
가장 확실한 표식
그대의 지난 삶은 고요함으로부터
미친 듯 달아나는 것이었으니.

이제 말없는 보름달이
환히 비친다.

이 시는 격렬하다. 감옥을 부수고 도망치든지 새로운 사랑 안에서 죽어야 한다고 선포한다. 루미는 "세계는 감옥이고 우리는 갇힌 자들이다. 감옥 바닥에 굴을 파고 너 자신을 탈옥시켜라!"라고도 했다. 인간은 오감과 인식을 통해 세계를 보면서 그 세계에서 좋은 것, 갖고 싶은 것, 이루고 싶은 것을 위해 분투하고 서로 갈등한다. 그렇게 감옥 같은 세계를 만들고 스스로 갇혀 있다.

인간은 태어남과 죽음이라는 원천적인 유한성으로 인해 이 세계에서 추구하는 어떤 쾌락이나 욕망도 궁극적으로는 실현할 수 없다. 그러니 '아름다운 세상'을 보려면 쾌락과 욕망으로 살던 유한한 자는 죽고 새 사람이 태어나야 한다.

성 바오로도 새 인간이 되어야 한다고 말했다. "지난날의 생활 방식에 젖어 사람을 속이는 욕망으로 멸망해 가는 옛 인간을 벗어버리고, 여러분의 영과 마음이 새로워져 진리의 의로움과 거룩함 속에서 하느님의 모습에 따라 창조된 새 인간을 입어야 한다는 것입니다.(에페소서 4:22~24)"

이 시는 세상 감옥에서 탈출하여 새 인간이 되기 위해 고요하라고 한다. 망상의 불길이 꺼졌다는 확실한 표식은 고요함이다. 잠잠해진 호수의 수면이 모든 것을 또렷이 비추듯, 그 고요해진 마음은 새로운 세상, 아름다운 세상을 본다. 거기 말없는 보름달이 환히 비친다.

지금 우리가 가진 이것

지금 우리가 가진 이것은
상상이 아니다.
비애도 아니고 기쁨도 아니며
판단할 상태도 아니고
뽐내는 일이나 슬픔도 아니다.
그런 것들은 오고 간다.
하지만 이것은 현존
오고 감이 없다.

새벽이구나 후삼*이여
여기 산호 빛의 광채 속에
내면의 그 친구 안에
위대한 신비가 할라지가 말한 단순한 진리 안에
이것이 있다.
인간이 그외에 무엇을 원하랴.

포도가 와인으로 숙성될 때
그것들도 이것을 원하리라.

밤하늘이 내려앉을 때
한 무리의 걸인들은 모두
약간이라도 이것을 원하리라.

이것이 있어
우리는 지금
육신을 갖추었다. 세포 하나씩 하나씩
마치 벌들이 벌집을 짓듯이

인간의 몸도 우주도
이것으로부터 자라났다.
이것이
우주와 인간 몸으로부터
자라난 것이 아니라

* 샴스. 살라헷딘에 이어 루미에게 세 번째 영감의 원천이 된 후사멧딘을 가리킴.

우리는 '무엇'을 가지고 있다. 기쁨이나 슬픔처럼, 옳고 그름처럼 오고 가는 그런 것이 아니다. 새벽에 동터 오는 햇빛 속에도, 내면에도, 단순한 진리 안에도 그것이 있다. 그것 덕분에 우리가 몸을 갖추었고, 우주 역시 그것으로부터 생겨났다. 굉장한 물건이다.

　숱한 지혜서와 최고의 경전들이 모두 그 '무엇' 하나를 설명하는 데 바쳐졌다. 종교에 따라 그것을 신, 성체, 브라흐만, 사트-치트-아난다, 공, 진여 등 여러 이름으로 불러왔다. 대단한 그것을 루미는 이 시에서 담담한 어조로 풀어낸다. 평범한 사람들의 눈높이로 가져와, 포도가 와인이 될 때도 필요하고 걸인들에게도 필요하지 않느냐고 제법 익살스럽게 노래한다. 고귀한 진리의 두 측면, 초월성과 일상성을 놓치지 않고 드러낸다.

　보조국사(普照國師)의 《수심결(修心訣)》에도 이 시의 '무엇'에 관한 이야기가 있다. 이견왕이 본래 성품의 작용이 어떠한지를 묻자 바라제존자가 답한다. "태 안에 있을 때는 몸이라 하고, 세상에 나오면 사람이라 하며, 눈에서는 보고, 귀에서는 들으며, 코에서는 냄새를 맡고, 혀에서는 말을 하며, 손에서는 쥐고, 발에 있으면 걷습니다. 두루 나타나면 온 누리를 다 싸고, 거두어들이면 한 티끌에도 있습니다." 아는 사람은 그것의 이름을 말하겠지만, 중요한 것은 그것과의 현존, 그것과의 하나됨이다.

나는

나는 돌로 죽었다가 꽃이 되었다.
나는 꽃으로 죽었다가 짐승으로 일어섰다.
나는 짐승으로 죽었다가 사람이 되었다.

그런데 왜 죽음을 두려워해야 할까
언제 죽음에 의해 줄어들기라도 했나

이제 내가 한 번 더 사람으로 죽으면
천사의 축복으로 날아오를 것이다.
천사 시절을 지나서도 다음으로 나아가리라.
신 외에 모든 것은 죽는 법이니까.

천사 영혼을 희생하게 되면
나는 마음으로는 알 수 없는 그 무엇이 되리라.

오. 내가 존재하지 않기를!
존재의 사라짐 속에
거룩한 소리로 선포하리라.

우리는 신에게로 돌아간다고.

이 시는 뤼케르트(Friedrich Rückert)가 루미의 시를 독일어로 번역할 때 가장 먼저 번역해서 유명해진 시이다. 영혼이 피조물의 다양한 단계를 거치며 부단히 발전한다는 루미의 사상이 여기에 잘 드러나 있다.

　윤회를 받아들이지 않는다고 이 시 앞에서 마음을 닫을 필요는 없다. 바위의 갈라진 틈을 비집고 자라나는 풀꽃을 떠올려보라. 그 풀꽃은 돌 성분을 뿌리에서 빨아들여 잎을 키우고 꽃을 피우니, 돌의 일부가 꽃으로 태어난 것이다. 또 짐승들이 먹는 꽃과 열매, 식물의 성분들은 짐승의 영양분을 이루므로 곧 짐승이 된다. 인간은 다양한 곡식과 과일, 짐승들의 고기를 먹고 그들을 자양분 삼아 인간의 삶을 영위하지 않는가. 이런 식으로 생명계의 각 존재는 낮은 단계의 존재들을 포함하며 함께 진화를 이루어 간다.

　루미는 그 진화가 어디까지 나아갈지 상상의 범위를 확장해준다. 인간의 생을 거듭하다가 그 영혼이 맑고 밝아지면, 거친 물질계의 몸을 벗고 빛나는 존재인 천사가 될 것이다. 그런 후 "천사 영혼을 희생하게 되면/ 나는 마음으로는 알 수 없는 그 무엇"이 되는 지점까지 나아간다. 도무지 인간의 의식으로는 알 수 없는, 개별적인 존재가 비워지는 그 지점에 이르면 결국 돌아가는 것은 신, 무(無)이자 하나인 그 자리일 수밖에 없다. 인간의 현실이 곤고하게 느껴질 때 잊지 않으면 좋겠다. 결국 "우리는 신에게로 돌아간다"는 것을.

풍경 뒤에

이 정원의 화려함이
당신의 얼굴인가요
이 정원의 아찔함이
당신의 향기인가요
이 개울을
와인이 흐르는 강처럼 만든 것이
당신의 기분인가요

수많은 사람들이
풍경 뒤에 숨어 계신 당신을
이 정원에서 찾다가
숨겨 갔지요.

하지만 연인이 되어 온 사람들에겐
이런 고통이 없어요.
당신은 정말 찾기 쉬워요.
당신은 산들바람 속에 있고
이 와인이 흐르는 강에도 있으니까요.

에크하르트 톨레(Eckhart Tolle)는 꽃은 식물의 깨달음이라고 했다. "꽃에서 아름다움을 발견함으로써 인류는 자신의 진정한 본질에, 자신의 내밀한 존재의 핵심인 아름다움에 눈을 떴다."라고 말했다. 정원에 온갖 빛깔과 모양을 지닌 꽃들이 피어나고 각각 색다른 향기가 퍼져 나와도, 그것을 아름답다, 화려하다, 향기롭다, 아찔하다고 느끼는 것은 정신적인 감응이다. 그럴 수 있는 미적 형상을 꽃과 그 향기에 불어넣은 것은 신의 손길이다.

　꽃들은 단지 색깔과 모양을 지닌 식물이라고, 햇빛에 반짝이며 쾌활하게 흘러가는 개울은 단지 아래로 내려가는 물길이라고 여긴다면, 그 '풍경 뒤에 숨어 계신' 위대한 존재를 추구하는 것은 헛된 일이다. 산들바람의 부드러움 속에나, 보기만 해도 취흥에 젖는 시냇물의 물살 속에나 궁극의 손길, 지고의 아름다움이 두루 스며 있다. 연인의 심정처럼 사랑으로 충만한 사람은 어디서나 그 손길을 느낀다. 소박한 풍경에서 아름다움의 실상을 본다.

나는 있다 그리고 없다

아직 내리지 않은 폭우에
나는 흠뻑 젖었다

아직 짓지 않은 감옥에
나는 묶여 있다

아직 두지 않은 장기판에서
나는 벌써 장군을 부른다

아직 마시지 않은 당신의 와인 한 잔에
나는 벌써 취했다

아직 전쟁터에 들어서지 않았는데
나는 벌써 상처 입고 죽임을 당했다

나는 더 이상
상상과 현실 사이의
차이를 모르겠다

마치 그림자처럼
나는 있다
그리고
나는 없다

내리지 않은 폭우에 젖고, 두지도 않은 장기판에서 이기고, 마시지 않은 와인에 벌써 취하는 일들은 생각으로는 따라갈 수 없다. 생각은 과거에서 현재를 거쳐 미래로 흐르는 단선적인 시간의 흐름 위에서나 논리적으로 작동하기 때문이다. 이 시를 따라가려면 그런 생각을 접어 두고 상상의 나래를 펴야 한다. 아니면 장자가 나비가 되었던 꿈처럼 생생하게 현실을 넘어서는 꿈을 꾸든가.

루미는 다른 시에서도 "포도송이가 창조되기 전에, 포도주를 마시고 흠뻑 취했다"라는 구절을 여러 번 노래했다. 여기에는 세계 창조에 대한 수피즘의 사상이 함축되어 있다. 루미는 세계가 존재하기 오래 전에 성인이나 예언자들이 있었고, 그들은 시간 속에서 세계가 창조되는 것을 보았다고 생각했다. 그렇다면 일어나지 않은 일을 상상 속에서 경험하는 것은 이 현실 세계 이전의 일을 재생하는 것인지도 모른다.

"나는 있다/ 그리고/ 나는 없다". 꿈에서 나는 분명히 있었지만 사실 나는 없었다. 상상에 빠질 때도 기뻐하고 슬퍼하는 내가 있지만 그건 현실의 내가 아니다. 머리로는 더 이상 이해할 수 없는 역설이다. 이 역설의 매듭을 어떻게 풀 수 있을까? 새로운 이해의 빛이 떠오를 때까지 가슴에 품고 기다려야 할지 모른다.

달콤쌉싸름한

돌아가는 바퀴처럼 빙빙 돌며 춤추다가
환영 속에서
사랑하는 님의 정원을 보았네
현기증 속에서 어지러움 속에서
취한 듯한 몽롱함 속에서

내 자신이 존재의 근원임을 보았네
창조의 시작에 내가 있었네
나는 사랑의 영이었네

이제 정신이 들고 보니
숙취만 있고
추억이 된 사랑
그리고 슬픔만 남았네

    나는 행복을 원해요
    도움이 필요해요
    자비를 원합니다

그러자 나의 님이 대답하시네

나를 보라 내 말을 들으라
나는 여기 있으니
그러려고 있으니

나는 너의 달이며 또한 달빛이로다
나는 너의 정원이며 또한 물이로다
나는 이 모든 길을 왔노라, 오로지 너를 위하여
신발이나 외투도 걸치지 않은 채

나는 네가 웃기를 바라노라
네 모든 근심을 없애기를
너를 사랑하기를
너를 잘 돌보기를

오 달콤쌉싸름한 자여
너를 달래고 치유하리라

네게 장미를 가져다주리라
나 또한 가시로 덮여 있었느니

"달콤쌉싸름한 자여"라고 님이 나를 부른다. 나는 달콤함과 쌉쌀함을 동시에 지녔나보다. 때로 사랑을 느끼고 감동에 젖는 순간에는 천상의 아름다움을 다 아는 듯하지만, 작고 사소한 일로 화가 치밀고 열패감이 들 때는 진흙 수렁에 빠진 듯한 괴로움을 겪는 게 인생이다. 기쁨과 슬픔, 즐거움과 괴로움이 번갈아드는 인생에는 달콤하고 쌉쌀한 맛이 함께 들어 있다.

　루미는 회전춤의 무아경 속에서 '사랑하는 님', 즉 신과의 합일을 경험하며 시들을 쏟아냈다고 한다. 인간이 도달할 수 있는 인식의 최고조에 달해 자신이 존재의 근원이자 사랑의 영 그 자체임을 깨달을 때 얼마나 황홀하고 달콤했을까? 그랬던 만큼 무아경에서 깨어나 숙취 같은 어지러움과 합일에 대한 추억만이 남았을 때는 초라한 개인으로서 쌉쌀하고 비감한 심정에 잠겼을 것이다.

　"나는 이 모든 길을 왔노라, 오로지 너를 위하여
　　신발이나 외투도 걸치지 않은 채"
　고개를 떨구고 도움과 자비를 청하는 자에게 존재의 근원은 다독이는 목소리로 이렇게 말한다. 오로지 너를 위해 이 모든 길을 왔노라고. 행복했거나 외로웠거나 그 언제라도, 평탄했거나 험난했거나 그 모든 길에서, 너는 근원의 보살핌을 받았으며 한시도 외면당한 적이 없었다고 안심시킨다. 가슴 뭉클한 위안을 받는다. 이 위안에 기대어 달콤쌉싸름한 인생의 길을 다시 천천히 걸어가게 된다.

사랑의 연금술

당신은 다른 세상에서
우리에게 오셨습니다.

저 별들 너머에서
우주의 허공을 가로질러
초월과 순수
상상할 수 없는 아름다움을
가져오셨습니다.
사랑의 정수이신 당신이

접촉하는 모든 사람들을
당신은 변화시킵니다.
소소한 근심
힘겨움 그리고 슬픔은
당신의 현존으로 사라집니다.
지배자에게나 서민에게나
농부에게나 왕에게나
당신은 기쁨을 가져다주십니다.

당신의 은총을 받으니
우리는 어쩔 줄 모릅니다.
당신으로 인해 모든 악은
선으로 변화됩니다.

당신은 최고의 연금술사입니다.
당신은 사랑의 불을 밝힙니다.
땅과 하늘에
모든 존재의
가슴과 영혼에

당신의 사랑을 통해
존재와 비존재가 합해집니다.
모든 대립이 하나가 됩니다.
모든 속된 것들이
다시 신성해집니다.

얼마 전 많은 사람들에게 깊은 인상을 남겼던 영화 〈레 미제라블〉이 떠오른다. 영화에서 미리엘 신부님은 은식기를 훔쳐 달아난 장발장이 경찰에게 잡혀오자 이렇게 말했다. "장발장, 은그릇만 가져갔기에 왜 은촛대는 안 가져갔는지 궁금했습니다." 자신을 용서하고 더 큰 사랑으로 감싼 이 신부님의 마음에 크게 감동한 장발장은 새사람이 되겠다고 다짐하고 선한 시장 마들렌으로서 새로운 삶을 시작했다.
　사랑은 사람의 악한 마음도, 소소한 근심이나 슬픔도 다 사라지게 한다. 지배자나 가난한 자나 가리지 않고 기쁨과 행복감을 가져다주는 것이 사랑이다. 이 사랑이 도대체 어디에서 인간에게로 온 것인지 새삼 궁금해진다. 루미가 노래하듯 그 놀라운 따뜻함은 "저 별들 너머에서/ 우주의 허공을 가로질러" 이 지상의 인간에게 왔는지도 모른다.

"당신은 사랑의 불을 밝힙니다.
　땅과 하늘에
　모든 존재의
　가슴과 영혼에"

　이 구절을 읽기만 해도 벅찬 사랑의 느낌이 차오른다. 사랑은 위대한 진리의 중심에서 흘러나오기에 모든 존재의 가슴과 영혼을 환히 밝혀줄 수 있다. 인간은 그 위대한 사랑 안에서 생을 영위하는 존재다. 모든 대립을 하나로 아우르고, 속된 것들이 신성함을 되찾는 사랑의 연금술이 부디 각 사람의 가슴에서 이루어지기를.

우리는 피리와 같으니

우리는 피리와 같으니
우리 안의 노래는 당신에게서 옵니다.
우리는 산과 같으니
우리 안의 메아리는 당신에게서 옵니다.

우리는 승리도 하고 패배도 하는 장기판의 말들과 같으니
우리의 승리와 패배는 당신에게서 옵니다.
오 기품 있는 당신!

우리 영혼들의 영혼이신 당신
우리가 과연
당신을 벗어나면 존재로서 무엇이 남겠습니까?

우리와 우리란 존재는 진정 실체가 없으니
지고의 존재인 당신이
우리 썩어 가는 것들에서 현현하십니다.

우리는 모두 사자들, 깃발 위에 그려진 사자들이니

바람으로 인해 매 순간 달려 나가는 듯 보입니다.

달려 나가는 모습은 보이지만 바람은 보이지 않으니
보이지 않아도 잘못되는 일은 없습니다.

바람으로 인해 우리가 움직이니
우리 존재는 당신의 선물입니다.
우리 모두는 그대에게서 불어온 존재입니다.

이 시는 수피즘 영적 여정의 세 단계 중 두 번째인 자기 부정의 파나(fana) 여정을 노래한다. 이 단계에서 구도자는 개별적 존재로서 자기를 부정하며 근원적인 신을 향해 나아간다. 그런 후에 세 번째 단계인 신과의 합일 상태에 도달하여 물에 녹은 소금처럼 사랑의 에너지인 신성 안에서 살아가는 바카(baqa) 여정을 완수한다.

　루미는 이 시에서 다양한 요소에 빗대어 자기 부정을 노래한다. 우리는 피리일 뿐 노래하는 자가 아니고, 산이지 메아리를 울리는 자가 아니며, 장기판의 말들과 같아서 스스로 승리와 패배를 가늠하지 못한다. 우리 육신은 실체가 없이 지(地), 수(水), 화(火), 풍(風) 네 요소로 이루어져 인연이 다하면 썩어 간다. 말하자면 우리는 깃발에 그려진 그림 속 사자처럼 실체성이 없고, 바람에 의해 움직이는 듯 보일 뿐이다.

　하지만 이 시의 자기 부정은 격렬한 자책이 아니라 따뜻한 겸손이며, 고난이기보다 기쁨으로 다가온다. "우리 존재는 당신의 선물입니다./ 우리 모두는 그대에게서 불어온 존재입니다."라고 한다. 비록 피리 같고 장기판의 말 같은 처지이지만, 우리의 삶은 영혼들의 영혼인 지고의 존재가 내어준 선물이다. 선물로 받은 삶이니 기쁘고 감사하게 누리다가 바람에 안기듯 존재의 근원으로 실려 가면 좋지 않을까.

루미의 삶

　메블라나 젤랄룻딘 루미(Mevlana Jalāl ad-Dīn Muhammad Rūmī)
는 13세기를 대표하는 페르시아 시인이자, 신학자이자, 수피즘의
신비주의자로 널리 알려져 있다. 또한 그는 빙글빙글 돌며 회전
무를 추는 수피 수도승 종단인 메블레비 수도회의 창시자이기도
하다.

　루미는 1207년 9월 30일 태어나 1273년 12월 17일에 세상을
떠났다고 하나, 그의 탄생 연대는 정확하지 않다. 그는 오늘날
아프가니스탄의 북부 지역 발흐에서 명망 있는 신학자인 바하엣
딘 왈라드의 아들로 태어났다. 1219년 무렵 루미의 가족은 몽고
의 침략을 피해 방랑길에 올랐고, 1220년경에는 아나톨리아의
룸 지방에 이르렀다. 이때부터 그는 룸에서 온 사람이란 뜻으로
루미로 불리기 시작했다. 루미는 거기서 아내를 맞이하여 1226
년에 첫 아들 술탄 왈라드를 낳았다. 1228년 루미의 아버지 바
하엣딘 왈라드가 터키 콘야 지방에서 신학을 가르치도록 초빙된
후로 그의 가족은 콘야에 거주하게 되었다.

　1231년 그의 아버지가 사망하자 루미는 신학교수 자리를 물
려받아 신망 있는 종교학자로 설교하고 판결을 내리며 살아갔
다. 아버지의 옛 제자인 부르하넷딘 무하키크가 콘야를 찾아온

후 루미는 비로소 아버지의 신비주의 저작을 접하고 내면 생활을 수련하였으며, 수도원에서 40일간 은둔 생활을 하기도 했다. 이렇게 신학자로서의 학식과 신비가로서의 내적 수련을 겸비하였으나, 아직은 재능 있는 종교학자로서의 삶을 넘어선 것은 아니었다.

루미의 삶은 1244년 10월 마지막 날, '믿음의 태양' 타브리즈의 샴스엣딘(Shams of Tabriz)을 만나면서 완전히 변모했다. 그들의 첫 만남이 있던 날 루미는 면화 상인들과의 모임에서 낙타를 타고 제자들과 돌아오고 있었다. 그 앞에 갑자기 방랑하는 나이든 탁발승 샴스엣딘이 나타나 놀라운 질문을 던졌다. "바예지드가 위대한가? 아니면 마호메트가 위대한가?"

당시 정서로는 일개 이란의 신비가인 바예지드를 이슬람교의 위대한 예언자인 마호메트와 비교하는 질문은 불경스러운 것이었다. 그런데 샴스가 던진 질문의 뜻은 깊었다. 바예지드는 "나야말로 존엄하니, 나에게 영광이 있을지어다."라고 말했고, 마호메트는 "우리는 당신을 알지 못합니다."라고 했으니 누가 더 큰 존재인가 하는 것이었다. 루미는 이 질문에 놀라 낙타에서 떨어져 기절했다. 이 대화가 강렬한 불꽃을 일으켜, 루미와 샴스 사이에는 둘도 없는 신비로운 우정이 싹터 올랐다. 루미는 그후 6개월 동안 낮이든 밤이든 먹지도 마시지도 않고 샴스와 천막에 마주 앉아 대화를 나누었다.

존경받는 종교학자인 루미가 종교적 의무, 교수의 직무, 사회적 역할을 제쳐두고 초라한 탁발승과의 대화에만 몰두하는 것을 루미의 제자들은 탐탁해하지 않았다. 이런 분위기를 감지한 샴스는 몰래 콘야를 떠났다. 갑작스레 소중한 벗을 잃은 이후로 루미는 음악에 귀를 기울이고, 시를 읊기 시작했다. 그는 샴스를 그리워하며 이렇게 노래했다.

"사랑의 불꽃이 가슴속으로 뛰어든 다음부터
그 열기가 다른 모든 것을 삼켜버렸네.
나는 책과 오성을 집어치우고
시와 노래와 가곡을 배웠네."

수소문 끝에 샴스가 다마스커스에 있다는 것을 알게 된 루미는 아들 술탄 왈라드를 그에게 보내 샴스를 다시 콘야로 불러왔다. 그들이 재회했을 때 서로 상대의 발 앞에 몸을 던져 일어날 줄을 몰랐고, 누가 사랑하는 자이고 누가 사랑받는 자인지 알 수 없었다고 한다. 루미는 샴스를 곁에 두려고 자신의 수양딸과 결혼을 시켜 같은 집에 살게 했다. 하지만 오래지 않아 샴스는 실종되었고, 루미의 둘째 아들이 그 실종에 관련이 있다는 설이 전해진다.

샴스의 실종 이후 루미는 그를 애타게 찾으면서 날마다 시를 읊조리고 소용돌이 춤을 추었다. 샴스를 직접 찾아나서기도 하던 어느 날 루미는 자신이 샴스와 이미 하나라는 것을 깨달았다.

"내 마음은 조개와 같다.

진주는 그대의 모습

이제 더 이상 내 속을 뒤지지 않는다

그가 내 마음속을 가득 채우고 있으니"

그렇게 샴스와의 정신적 합일을 깨달은 후 루미는 곳곳에서 샴스를 보게 되었고 샴스를 찬미했다. 자신의 시 몇 편에서는 지은이를 샴스라고 쓰기도 했다. 그렇게 루미 안에서 샴스와 더불어 노래한 시들이 《타브리즈의 샴스 시집(The Works of Shams of Tabriz)》이 되었다.

루미는 더 자주 황홀경에 사로잡혔으며 신비스러운 회전무로 유명해졌다. 회전무로 황홀경에 사로잡힐 때마다 루미는 새로운 영감의 원천이 된 금 세공사들의 망치질 소리를 들으러 그들의 숙소를 찾아갔다. 거기서 샴스를 대신하는 벗이자 제자로 살라헷딘을 데리고 나가 함께 춤을 추었다. 황홀경 속에서 루미는 현실을 넘어선 차원을 보고 느꼈으며, 신과의 합일을 강렬한 사랑으로 체험하면서 이를 즉흥적인 노래와 읊조림으로 쏟아냈다. 이것이 가잘시라는 아름다운 페르시아 서정시와 연시들이 되었다.

루미의 감성 충만한 시들이 불러일으키는 오해와는 달리 그는 매우 금욕적으로 살았으며 자주 단식을 했다. 사회적으로는 장관 같은 주요 인사들, 신비가들과 폭넓게 교제했던 것은 물론, 수공업자나 하층민들에게도 호의를 보여 점차 콘야 전체에서 존경받는 지도자가 되어 갔다.

루미에게 세 번째로 우정과 영감의 원천이 된 사람은 나이어린 벗 후사멧딘이었다. 후사멧딘은 콘야의 수공업자 종교결사인 아치조합에 속한 청년으로 부지런하며 금욕적이었다. 콘야 근교의 메람 포도원을 루미와 함께 배회하던 어느 날 후사멧딘은 스승의 지혜를 받아적게 해달라고 루미에게 요청했다. 루미는 웃으며 그 자리에서 열여섯 줄의 시를 읊었는데 이것이 방대한 영적 시집 《마스나비(Mathnawi)》의 서시인 〈갈대 피리의 노래〉였다. 그 후 후사멧딘은 학교든, 온천장이든, 콘야 시내 목욕탕이든, 메람 포도원이든 어디서나 루미가 읊으면 받아적었다. 책 한 권이 완성되면 그가 루미에게 읽어주고 고치는 작업이 루미의 임종 때까지 이어졌다. 이로써 여섯 권으로 된 위대한 교훈시 《마스나비》가 완성되었다.

《마스나비》가 구술되는 동안, 콘야의 정치적 상황은 악화되었고 루미도 기력을 잃어 갔다. 그는 사랑을 통해 인간을 체험하고 신을 기억하는 수피의 영적 여정을 온전하게 걸었으며, 벗을 통해 진리에 눈떠 그리움과 불타는 사랑을 경험하며 정신적 합일로 나아갔다. 이러한 영적 여정의 충만함을 태양에, 빛에, 봄에, 일상의 모든 사물에 빗대어 30여 년간 6만여 구의 시로 쏟아냈다.

1273년 가을 깊어진 그의 병은 이미 의사들이 다룰 수 없는 상태였다. 루미의 임종을 앞두고 제자들이 전국 방방곡곡에서 모여들었다. 그는 임종 직전에 자신을 에워싼 벗들에게 이러한 시구로 위로를 전했다.

"그대들은 잊지 마라
나의 마음은 지상에 머무르고 있다는 것을.
나의 관이 움직이는 것을 보더라도
'분리'라는 말이 들리지 않게 하여라.
간절한 만남이 영원히 내게 있으니."

그의 장례식에서는 환희의 춤이 몇 시간이나 이어졌다. 루미가 죽은 후에는 후사멧딘이, 그 다음에는 루미의 큰아들 술탄 왈라드가 제자들의 모임을 이끌었다. 술탄 왈라드는 제자 집단을 정식 교단으로 창설하고 세마(Sema) 댄스라고 불리는 춤 의식을 제정했다. 이로부터 오늘날까지 수피 전통의 한 갈래인 메블레비 수도회가 이어지게 되었다. 이슬람 영성 지도자인 카비르 헬민스키(Kabir Helminski)는 루미의 시들에 대해 "그의 방대한 저술은 수많은 보석들이 묻혀 있어서 그것들을 캐낼 광부의 곡괭이를 기다리는 거대한 광산과도 같다."라고 말한다. 20세기의 마지막 십여 년 동안 광산에 묻혀 있던 루미의 보석들이 여러 번역물을 통해 서구의 영적 세계에 찬란한 빛을 드러냈다. 그 후 오늘날까지 그의 시는 잠든 사람들의 가슴을 흔들어 깨우고 있다.

루미의 작품을 소개한 국내 책으로는 《루미의 우화 모음집》, 《사랑 안에서 길을 잃어라》, 《그 안에 있는 것이 그 안에 있다》,

《입술 없는 꽃》, 《모든 것을 사랑에 걸어라》 등이 있다.

시 세계

루미의 시 세계를 대표하는 시집은 태양과도 같은 벗 샴스와의 정신적 사랑을 담은 《타브리즈의 샴스 시집》과 페르시아어로 된 코란이라 불리는 《마스나비》 두 권이다. 두 권 모두 루미가 신비한 영감에 휩싸여 있을 때 즉흥적으로 읊조린 것을 받아적기 형식으로 기록한 것이다. 따라서 시의 원문에는 독특한 리듬감과 운율, 핵심어의 반복 사용 등 음악적인 특성이 강하게 드러난다. 오늘날 서양에 소개되는 루미의 시들은 그 중 일부를 영어로 번역하고 제목을 붙여 하나의 독립된 시처럼 다룬 것이라 아쉽게도 원문이 주는 리듬감은 약하다.

대략 3만 5천 구로 이루어진 《타브리즈의 샴스 시집》에서 루미는 샴스를 만나면서 신적인 사랑 안에서 체험한 황홀함을 노래했다. 이 시들은 가잘시라고 하는 짧은 서정시 형식으로 쓰였으며, 그 외에 송시, 찬미시, 4행시들도 수록되어 있다.

이 시집에서 루미가 노래하는 인간적인 사랑과 그 황홀함은 신의 사랑을 향해 나아가는 수피즘의 영적 여정을 담고 있다. 수피즘에는 세 종류의 영적 여행이 있는데, 첫째는 신으로부터의 여행, 둘째는 신을 향한 여행, 셋째는 신 안에서의 여행이다. 신으로부터의 여행은 인간의 탄생을 뜻한다. 두 번째 신을 향한 여행은 분열된 개별적 존재인 자아가 전체성을 향해 나아가는 여정인데, 수피들은 이를 파나(fana)라고 한다. 세 번째인 신 안에서의 여행은 신과의 합일 상태로서, 개별적인 인간 안에 사랑의 에너지인 신성을 지니고 살아가는 바카(baqa) 상태이다. 루미는 파나를 넘어 바카로 나아가는 여정, 즉 자아를 넘어서 신의 고귀한 사랑 안에서 합일을 이루는 여정을 다양한 이미지에 빗대어 노래한다.

그는《타브리즈의 샴스 시집》서문에서 이렇게 말했다.

"이 시들은 영적인 비밀들입니다. 신께 헌신하는 자들은 이미 노아의 방주에 거하고 있습니다. 이 시들은 거룩한 숨, 영혼의 바람, 신의 영감입니다. 여명의 깨달음을 담고 신께서 내린 고귀한 영체(靈體), 경이롭고 신비로운 신의 암호입니다. 맑은 마음으로만 볼 수 있는 거대한 영적 바다의 진주, 이 시집은 신의 연인들의 시입니다. 영적 기쁨의 봄을 부르는 혼의 빛입니다."

한편 오늘날 서양에서나 우리나라에서나 널리 애송되는 루미의 짧은 시들이 주로 흘러나온 원천은 6권에 2만 6천여 구로 이루어진 위대한 교훈시집《마스나비》이다. 여기에는 루미의 영적 깊이를 간직한 아름다운 시구들은 물론이고, 인간이 빚어내는 다양한 종교적, 문화적, 정치적, 성적, 가정적 사건들과 일화들이 실려 있다. 하층민의 삶부터 세련된 상류층 사람들의 성품까지, 또 자연계의 모습과 역사 및 지리적인 측면들까지, 세속의 일상성과 우주적인 깨달음까지가 방대하게 망라되어 있다.

이 다채로운 시와 노래 구절이 가리키는 방향은 오직 하나, 참
된 인간이 되는 길, 분리된 거짓자아를 넘어서 사랑이신 하느님,
곧 존재의 근원 안으로 나아가는 합일의 길이다. 루미는 이 방향
을 《마스나비》 서문에서 이렇게 말했다.

"그것은 하느님에 대한 가장 위대한 학문이요 하느님께로 가
는 가장 분명한 길이요 하느님에 대한 가장 명백한 증거인 종교
의 뿌리의 뿌리의 뿌리의 뿌리다. 그것은 샘물과 큰 나뭇가지들
이 있는 가슴의 낙원이요…… 거기서 의인들은 먹고 마시며 자
유인들은 행복한 기쁨을 맛본다."

사랑 가득한 존재의 진실로 뻗어 가는 '뿌리의 뿌리의 뿌리의
뿌리'인 거대한 루미의 시 세계를 작은 조각으로 나눈 몇 편의
시들로 가늠하기는 어렵다. 하지만 각각의 시는 깨달음을 향한
열망을 넘어 황홀한 합일의 가슴에서 울려나온 노래이기에 그
하나됨을 향해 사람들을 불러들인다.

이슬람 신비가 루미 시의 주제를 몇 가지 꼽아본다면, 우선 영
혼이 피조물의 다양한 단계를 거치며 부단히 발전한다는 사상을
들 수 있다. 이러한 관점은 뤼케르트가 독일어로 가장 먼저 번역
했다는 〈나는〉이란 시에서 잘 드러난다.

"나는 돌로 죽었다가 꽃이 되었다.
나는 꽃으로 죽었다가 짐승으로 일어섰다.
나는 짐승으로 죽었다가 사람이 되었다."

이 구절에서처럼 그는 인간의 영혼은 무생물부터 시작하여 존재의 근원을 향해 계속 진보해 나간다고 보았다. 이어지는 구절에서는 사람을 지나 천사의 영혼까지 진보하는 것은 물론, 최종적으로는 누구나 존재의 사라짐을 통해 신에게로 돌아간다고 노래했다.

또한 루미는 이슬람 수피 전통에 기대어 일체의 것이 무(無)로부터 창조되었다고 본다. 무에서 피조물을 창조하고 그 피조물을 무로 돌려보내는 것이 그가 따르는 하느님이다. 〈우리는 피리와 같으니〉란 시에서 그는 이렇게 노래했다.

"우리와 우리란 존재는 진정 실체가 없으니
지고의 존재인 당신이
우리 썩어 가는 것들에서 현현하십니다."

루미의 하느님, 즉 진리의 본질은 생각으로 붙잡을 수 있는 존재가 아니며, 선으로도 형상으로도 그릴 수 없는 무엇이다. 그 알 수 없는 하느님의 창조로 만들어진 세계는 영원하지 않다. 세계 안에서 태어나 이것이 실상이자 전부라고 생각하는 사람들은 이 세계가 영원할 것처럼 여기고 시간은 항상 과거에서 현재, 미래로 흘러간다고 생각한다.

하지만 루미는 진리와 연결되면 예언자나 성인들과 마찬가지로 시간에 구애받지 않고 이 세계의 창조 과정을 목격할 수 있다고 보았다. 그러기에 포도송이가 만들어지기 전에 포도주를 맛보고,

"아직 마시지 않은 당신의 와인 한 잔에/ 나는 벌써 취했다."고 노래한다. 그는 인식으로는 도저히 붙잡을 수 없는 역설의 세계를 목격했기에 시공간을 자유자재로 넘나들며 노래했던 것이다.

무엇보다도 루미의 시들을 아우르는 메시지는 분리된 인간이라는 헛된 생각에서 벗어나 신과의 합일 안에, 궁극의 실재인 빛나는 사랑 안에 잠기라는 것이다. 참된 인간이라면, 이 세상에 온 이유가 미망에서 깨어나 존재의 근원과 합일을 이루기 위한 것임을 안다면, '모든 것을 사랑에 걸어야 하리'라고 그는 절절히 노래한다. 신을 찾아 나선 것이 이 인생의 여정임을 알면서도, 흐릿하고 몽롱한 시선으로 '남루한 선술집에 머뭇대고' 있는 사람들에게 루미는 사랑의 가슴을 열어 그 길을 비춘다.

2장

가슴을
따라
내 님께로

❦

카비르의 시

그대 안에서 님을 찾으라

님은 내 안에 계시고 그대 안에도 계신다.
모든 씨앗 안에 생명이 든 것처럼
따르는 자여! 잘못된 교만을 던져버리고
그대 안에서 님을 찾으라.

그러면 백만 개 태양이 빛으로 타오르고
푸른 바다가 하늘에서 펼쳐지리니.
삶의 들뜬 열기들은 가라앉고
모든 허물은 씻겨지리라.
내가 그 세계 한가운데 자리를 잡으면

누구도 울린 적 없는 종소리와 북소리를 잘 들으라.
사랑 안에서 기쁨을 누리라.
물 없는 비가 쏟아지고
강은 빛살로 흘러가리라.

온 세상에 스며 있는 것이 사랑 하나건만
이를 진정 아는 이가 거의 없구나.

이성의 빛으로 이를 보려는 자는 장님과 같으니
이성이란 그저 분리를 일으키는 원인일 뿐
이성의 집은 님에게서 아주 멀도다.

카비르는 얼마나 축복받았는가.
이 커다란 기쁨 한가운데서
자신의 몸으로 노래하고 있으니.
영혼과 영혼의 만남이 되는 그 노래
슬픔을 잊게 하는 그 노래
모든 오고 감을 초월하는 그 노래를

님, 지고의 존재는 내 안과 그대 안에 있지 다른 데 있지 않다. 어떤
형상으로 있는 것이 아니라 씨앗에 든 생명처럼 있다. 사과 씨를 쪼개
본다 해도 사과나무는 없다. 하지만 작은 사과 씨 하나를 심으면 참나
무도 소나무도 아닌 사과나무가 자란다. 그처럼 생명이 존재하는 방식
으로 나와 그대 안에도 궁극의 실재가 깃들어 있다. 카비르는 다른 시
에서 이렇게도 노래했다.

"님은 내 마음 속의 마음이며
내 눈 속의 눈이니
내 마음과 눈은
하나가 될 수 있으리.
내 사랑
나의 사랑하는 이에게
닿을 수 있으리."

　자신 안에서 참된 실재인 님과 하나가 되는 것은 초월적인 경험, 현
실에서는 도무지 알 수 없는 신비한 경험이다. 하늘에서 바다가 흐르
고, 빛이 강을 이루어 흘러가며, 물 없는 비가 쏟아지고, 누구도 울린
적 없는 종소리와 북소리가 하늘과 땅 사이에 가득 찬다. 그쯤에서는
슬픔도 저절로 잊혀지고 오고 가는 생사의 문지방도 거뜬히 넘어선다.
그 황홀한 기쁨을 한 번이라도 경험한다면 누가 그 자리를 잊고 다시
거칠고 딱딱한 이 현실에 발을 묶고 싶겠는가.
　그 님과의 연결은 이성, 즉 생각이나 지식으로는 찾을 수 없다. 온
세상에 스며 있는 사랑을 느끼며 자신 안으로 들어서야 님을 만난다.
십자가의 성 요한도 말했다. "신은 사랑이다. 사랑 가운데 머무는 사
람은 신 가운데 머물며, 신 또한 그 사람 가운데 머문다."라고.

꽃들의 정원으로 가지 말아요

꽃들의 정원으로
가지 말아요.
친구여
거기 가지 말아요.
그대 몸 안에
꽃들의 정원이 있답니다.
천 개의 꽃잎을 가진 연꽃 위에
자리를 잡아요.
거기서
무한의 아름다움을 응시하세요.

꽃들이 만발한 정원의 아름다움은 사람들의 마음을 사로잡는다. 봄날을 노랗게 물들이는 개나리와 여린 분홍빛의 벚꽃을 시작으로, 희고 우아한 목련, 보랏빛 향기를 퍼뜨리는 라일락, 하늘거리는 코스모스가 계절의 흐름을 타고 피어난다. 정원을 거닐며 각각의 꽃들이 지닌 빛깔과 향기, 그들이 간직한 아름다움을 음미하는 것은 삶을 풍요롭게 한다.

　하지만 이 시는 밖으로 나서는 마음의 옷자락을 붙잡는다. "가지 말아요./ 그대 몸 안에/ 꽃들의 정원이 있답니다."라고 속삭인다. 멀지도 않고 어쩌면 더 아름다울 수도 있는 꽃들의 정원이 내 안에 있다고 가리킨다. 회광반조(廻光反照)라고 했다. 밖으로 향하던 시선, 의식의 빛을 거두어 자신의 안을 비추라는 말이다. 그렇게 내면을 향하여 거기 이미 찬란한 꽃들의 정원에 자리를 잡으라고 이끈다.

　고대 동양의 지혜에 따르면 몸에는 영적 에너지 센터인 일곱 개의 차크라*가 있다. 이 차크라들마다 고유한 색깔과 진동수를 지닌 연꽃들이 있다. 네 개의 빨간 꽃잎 형상을 한 맨 아래 물라다라 차크라와, 열두 장의 녹색 꽃잎을 지닌 심장의 아나하타 차크라를 지나, 맨 위 정수리에 있는 사하스라라 차크라에 이르면 오묘한 색깔을 띤 천 개의 꽃잎을 지닌 연꽃이 있다. 여기에 자리를 잡으면 영적인 깨달음을 이뤄 궁극의 존재와 합일을 이룬다. 거기에 이르면 세상의 모든 아름다움을 초월한 '무한의 아름다움'과 하나가 된다.

* 차크라(Chakra): 산스크리트로 바퀴나 원형을 뜻함.

물과 물결

물과 물결은 하나로 출렁이니
물과
물결의
차이가 어디 있단 말인가?

물결이 일 때도 그것은 물이고
물결이 잦아들 때도 역시 물일 뿐.

말해보라 그대여, 어찌 그 둘을 구분하는지.
'물결'이란 이름을 붙였다 해서
더는 물로 보면 안 된다는 것인가?

지고의 창조주 안에서
모든 세상은 꿰어진 구슬 같다고 하지.
그러니 지혜의 눈으로
그 꿰어진 구슬을 밝게 보기를

지눌(知訥) 선사도 물과 물결을 들어 참마음의 본체와 작용에 대해
말했다.

　"물은 젖는 것으로써 본체를 삼으니 본체는 움직이지 않기 때문이
며, 물결은 움직임으로써 형상을 삼으니 바람으로 말미암아 일어나기
때문이다. 물의 성품과 물결의 형상이 하나는 움직이고 하나는 움직
이지 않기 때문에 같은 것이 아니요, 그러나 물결 밖에 따로 물이 없고
물 밖에 따로 물결이 없어서 그 젖는 성품은 같은 것이기 때문에 서로
다른 것이 아닌 것과 같다."

　물결이 일어나도 물로서의 성질에는 변함이 없으니, 바람 따라 잠
시 일어났다가 다시 잦아들 뿐 그대로 물이다. 지혜의 눈을 갖추면 물
결이 일어나도 본래 성질을 놓치지 않고, 물을 보면서도 작용을 잊지
않게 된다. 그 눈으로 세상을 보면 어떨까? 씨앗 속에서 나무를 보고,
구름 속에서 바다를 보고, 나 안에서 너와 그들을 보게 될 것이다. 그
처럼 모든 것이 모든 것에 연결된 "꿰어진 구슬" 같은 세상을 볼 때,
언어와 개념을 넘어서 성큼성큼 자유로움을 향해 나아갈 것이다.

모든 숨의 숨

그대 따르는 자여
어디서 나를 찾고 있는가.
나는 그대 곁에 있는데

나는 사찰에도 없고
회교 사원에도 없고
카바 신전*에도 없고
카일라쉬 사원*에도 없다.

나는 예식에도 의례에도 없고
요가 수행이나 금욕 수행에도 없다.

그대 진정한 구도자라면
한 번은 나를 보리라.
순간이라는 시간에 나를 만나리라.

카비르는 말한다
오 구도자여!

신은 모든 숨의 숨이시다.

* 카바 신전: 이슬람 성지인 메카에 있는 대표적인 신전
* 카일라쉬 사원: 힌두교의 시바신을 모신 남인도의 석굴 사원

성스럽고 아름답게 장식한 사원, 정교하게 쌓아올린 탑과 사찰들. 사람들이 신을 만나고자, 신께 기도드리고 경의를 표하고자 찾아가는 곳이 사원이고 신전이다. 그런데 이 시에서 카비르는 그 어느 사찰이나 사원에도 신은 없다고 한다. 신께 바치는 가장 경건한 행위인 종교 의례나 금욕 수행으로도 신을 만날 수 없다고 한다. 멀리 좋은 기도처를 찾아다녀보았고, 장엄한 예배를 올리다 저절로 감격의 눈물을 흘려보았다면, 이 시에 선뜻 공감하기 어렵다.

하지만 가만히 생각해보면 장엄하다, 거룩하다, 성스럽다는 느낌은 밖에서 온다기보다 각자의 내면에서 흘러나와 그 자신을 에워싼다. 어떤 사람은 갠지스 강물을 보면서 지저분하다고 찡그리지만, 다른 사람은 성스러운 느낌에 사로잡히는 것도 그런 까닭이다.

"신은 모든 숨의 숨이시다."

카비르는 손가락을 들어 마음을 가리키듯, 종교적인 허식을 걷어내며 신이 자리한 곳을 바로 짚는다. 숨이다. 숨은 곧 생명이다. 숨 한 번 들이쉬면 살고 그러지 못하면 죽는다. 숨은 매 순간 몸과 마음을 연결한다. 지금 이 순간 숨을 들이쉬고 내쉬며 생명의 흐름을 자각하면 거기에 신성이 자리한다. 신성한 진리가 모든 숨에 깃들고 그 숨에 숨결을 불어넣는다. 숨 쉬는 일은 멀리 사원을 찾아나서는 것보다 쉬우나, 매 순간 자신의 숨 안에서 실상을 만나기란 참 어렵다.

달이 내 안에서 빛나건만

달이 내 안에서 빛나건만
내 눈은 멀어 볼 수가 없네요.
달은 내 안에 있어요.
해도 그렇답니다.

내 안에서 누구도 울린 적 없는 영원의 북소리가 울리건만
내 귀는 멀어 들을 수가 없네요.

사람이 자신과 자신의 것에 매달리는 한
그가 하는 일은 쓸모없는 일일 뿐
나와 내 것에 대한 애착이 사라져야
신의 일이 이루어진답니다.

일이란 앎을 얻기 위한 것
다른 목적은 없는 거랍니다.
목적을 이루면
일은 치워버리세요.

꽃은 열매를 위해 피어납니다.
열매를 맺으면
꽃은 시들지요.

사향은 노루 안에 있는데
노루는 제 안에서 그것을 찾지 않네요.
그저 풀을 뜯으러 들판을 돌아다닐 뿐

"나와 내 것에 대한 애착이 사라져야
신의 일이 이루어진답니다.
일이란 앎을 얻기 위한 것
다른 목적은 없는 거랍니다."

마음에 새길 만한 구절이다. 현대인의 직장 생활은 남들보다 많이
벌고 더 높이 승진하기 위해 경쟁하는 치열한 각축장 같다. 그렇게 전
투를 치르듯 하는 일에는 신의 뜻과 신의 기쁨이 들어올 수 없다. 자신
과 주변에 더 많은 갈등과 스트레스를 초래하여 모두가 힘겨워하는 피
로 사회의 그늘만 짙어질 뿐이다.

톨레는 "당신 삶 전체의 여행은 궁극적으로 이 순간에 밟고 있는
발걸음들로 이루어져 있다. 이 발걸음이 가장 중요하며 목적지는 이차
적인 것이다."라고 말했다. 큰 기업의 사장이든, 변호사든, 빵 가게 주
인이든, 청소부든, 운전사든, 겉으로 드러나는 일의 모습이나 수입과
지위는 본질적인 측면에서는 그다지 중요하지 않다. 벌이가 적고 단순
한 일이라도 진실하게 수행하고 그로부터 깊은 이해와 통찰이 생겨날
때 그 일에 신성이 깃들고 위대함이 실현되기 마련이다.

그렇게 일할 수 있는 능력이 자신 안에서 달처럼 해처럼 빛나고 있
다고 이 시는 일깨운다. 안에서 울리는 북소리가 고동치는 근원의 힘
이라고, 노루 안에 사향이 있듯 각자 안에 참됨의 향기가 있다고 한다.

가슴을 따라 내 님께로

동무들과 밤낮으로 놀고나서
이제 와 너무 걱정스럽다.
님 계신 왕궁은 저토록 높고
까마득한 계단을 오르며 내 가슴은 두근거린다.
그러나 부끄러워 말아야 하리.
그 님의 사랑을 즐거이 받고자 한다면

가슴을 따라 내 님께로 헤치며 나아가야 하리.
하여 내 베일을 들어올리고
온몸으로 그를 만나야 하리.
나의 눈은 사랑의 등불로 타올라
님과의 예식을 치러야 하리.

카비르는 말한다.
들어라 그대
사랑을 이해하는 자여
그대가 소중한 님을 향한 사랑의 갈망을 느끼지 못한다면
그대 육신을 치장해봐야 헛된 일

그대 눈썹을 화장해봐야 헛된 일

매우 낭만적인 연애시의 모습을 빌린 구도시다. 카비르는 평생 동안 '소중한 님'으로 표상되는 신에 대한 절절한 사랑과 헌신을 노래했다. 그가 깨달은 궁극의 실재는 세상이라는 형상을 취한 단 하나의 사랑이다. 그러므로 지고의 순수 존재를 깨닫기 위해서는 연인들이 하듯 '소중한 님을 향한 사랑의 갈망'을 품고 다가가야 한다.

이 시에서는 진리의 여정을 위한 마법의 지도를 얻는 기분이 든다. 지도에는 두 개의 표식이 그려져 있다. 하나는 가슴을 따라가는 길이고 다른 하나는 까마득히 높은 데 있는 님의 왕궁이다. 진리와의 합일을 향해 가는 여행자는 개울물이 나오든 가시밭길이 나오든 바깥 세상에 있는 이정표가 아니라 가슴의 울림, 가슴의 진실을 들으며 간다. 그 목적지는 평범한 마을이 아닌 왕국이기에, 아무 데서나 찾을 수 없고 높은 곳으로 올라야 한다. 이처럼 진리를 향한 길은 자신의 가슴 안에서, 더 높은 의식, 높은 사랑의 진동을 품음으로써 열린다. 외양을 치장하거나 지식을 더하는 일은 진리를 사랑하는 여정에 아무 쓸모가 없다.

그 여정을 현대적인 언어로 풀어내면 데릭 월콧(Derek Walcott)의 시 〈사랑 뒤의 사랑〉으로 이어질 수도 있을 듯하다.

"……

당신의 따뜻한 가슴을 돌려주세요.
그에게, 당신을 평생 동안 사랑해 온 그 낯선 이에게

당신은 다른 이를 사랑하느라 그를 무시했지만,
그는 가슴 속에서 당신을 알고 있지요.
책꽂이에 두었던 사랑의 편지들,
사진들, 절절했던 끄적임들을 치워버려요.
거울에 보이는 자신의 이미지도 벗겨내구요.
자, 앉아요. 당신의 인생을 마음껏 즐겨보세요."

깨어나라

여인이여, 깨어나라 그만 잠자라.
밤은 이미 지나갔는데
낮 또한 잃을 셈인가?
깨어있던 다른 여인들은
아름다운 보석을 받았는데

어리석은 여인
그대는 잠들어 있느라
그 모든 걸 잃었구나.

그대의 님은 현명했으나
그대는 어리석었다.
오 여인이여!

그대는 님과의 잠자리를 준비해놓지 못했구나.
정신 나간 이여
그대는 철없는 놀이로 시간을 다 보냈다.
젊음은 헛되이 가버렸고

그대는 자신의 님을 너무도 몰랐다.

깨어나라 깨어나라 그리고 보라!
침대는 텅 비었고
님은 밤에 그대 곁을 떠났다.

카비르는 말한다.
깨어있어야만
님의 음악이 화살처럼 그녀 가슴을 뚫고 들어온다고.

"깨어나라, 깨어나라!"

　어리석은 여인을 흔들어 깨우는 이 시는 꽤나 간절하다. 여인은 소중한 님과 사랑을 나누고자 했으나 잠들어 있는 바람에 그냥 님을 떠나보냈다. 그 님은 현명한 존재였고 진귀한 보석을 줄 수도 있었다. 그런데 여인은 잠이 들어 님 맞을 침대도 정돈하지 못했고 님이 가버린 것도 몰랐다. 그러고도 깨어날 줄을 모르고 낮에도 잠들어버린다. 철없는 놀이로 세월을 다 허비하고도 여전히 깨어나지 못하니, 여인에게 님과의 사랑은 안타까운 바람일 뿐이다.

　"깨어나라, 깨어나라!"

　카비르의 우렁찬 목소리는 우리 안의 여인, 에고(ego)를 흔들어 깨운다. 나와 내 것, 나의 드라마에 빠져, 만나고 헤어지고 얻고 잃는 철없는 놀이로 인생을 허비하는 것이 에고다. 에고에서 깨어나 소중한 님, 진리의 근원을 맞이하는 사람은 보석 같은 평화와 자비를 선물로 받게 된다.

　카비르는 음유시인이었고 다른 사람들이 그 노래를 받아 적었기에 대부분의 그의 시에는 "카비르는 말한다."라는 구절이 뒷부분에 붙는다. 카비르는 말한다. 매 순간 깨어 있어야 위대한 사랑이 자신을 관통하여 흘러드는 기쁨을 느낄 수 있다고. 에고로 사는 것은 어리석은 여인으로 잠들어 있는 것, 님도 보석도 다 놓치는 어리석은 인생이라고.

이 진흙 항아리 안에

이 진흙 항아리 안에 나무 그늘과 숲들이 있고
이 안에 창조주가 계신다네.
이 진흙 항아리 안에 일곱 대양과 셀 수 없는 별들도 있다네.
시금석도 보석감정인도 이 안에 있다네.
이 진흙 항아리 안에서 영원의 소리가 샘물처럼 솟아난다네.

카비르는 말한다네.
친구여! 내 말을 들어보게.
내 사랑하는 님은 내 안에 계신다네.

진흙 항아리는 사람 몸이다. 카비르는 사람 몸 안에 나무 그늘과 숲들이, 일곱 대양과 수많은 별들이 있다고 한다. 이 지구의 모든 것, 우주의 만물이 사람 몸 안에 다 담겨 있다니, 어이없기도 하고 놀랍기도 하다. 하지만 비유가 아니라 사실이다. 나무나 숲의 현재 모습은 실제라기보다 사람의 오감으로 받아들인 형상에 불과하다. 말이나 벌이 보고 지각하는 나무와 숲은 전혀 다른 모습일 것이다. 사람들은 밤하늘의 별들을 반짝이는 물체로 여기며 좋아하지만 그 별들을 향해 우주여행을 해 간다면 지구에서 본 별의 모습은 결코 만나지 못한다.

"모든 자연과 모든 사상이 우리의 마음속에 존재함을 깨달아야 한다. 더없이 높은 존재가 인간과 더불어 살고 있음을, 자연의 원천이 우리 마음속에 깃들어 있음을 깨달아야 한다."라고 에머슨(Ralph Waldo Emerson)도 말했다. 우리는 우리가 보는 세계의 창조자다. 우리가 본대로 이름 붙였으면서, 그것이 실제인양 착각 속에 살아간다.

이 시의 마지막 구절은 내면에서 샘물처럼 흐르는 영원의 소리인 생명의 본성을 '사랑하는 님'으로 의인화한다. 과연 진흙덩이인 몸과 그 안의 사랑하는 님 중에 나는 무엇을 자신으로 여기고 있는지 묻게 된다. 생각은 아니라고 부인하지만 마음의 습관은 진흙 항아리가 나라고 끈질기게 붙잡는다. 그러니 바로 내 안에 있는 님을 만나기가 온 지구를 여행하기보다 더 멀다.

어느 강기슭으로 건너려는가

어느 강기슭으로 건너려는가.
그대 내 가슴의 이여
그대보다 앞서 간 여행자도 없고
그리로 난 길도 없는데

저편 기슭
어디에 움직임이 있고
어디에 쉼이 있는가.

강물도 없고
배도 뱃사공도 저기엔 없는데
배를 끌어갈 그런 줄도 없고
줄 당길 사람 또한 없는데.

땅도 없고, 하늘도 없고, 시간도 없고,
그 무엇도 저기엔 없는데
강기슭도 없고, 여울도 없는데.

저기엔, 몸도 없고 마음도 없는데
영혼의 목마름을 달랠 곳이 어디란 말인가?
그 텅 빔 안에서 무엇도 발견하지 못할 텐데.

부디 강해지게.
그리고 자신의 몸 안으로 들어가게.
거기에 든든한 발판이 있을 테니
잘 생각해보게.

오 내 가슴의 이여!
다른 어디로 가지 말게.

카비르는 말한다네.
모든 허상을 치워버리고
속히 그대 자신 안에 서라고.

"어느 강기슭으로 건너려는가.

　그대 내 가슴의 이여"

　시가 따뜻하게 물어온다. 이 따뜻함 속에는 언뜻 염려의 느낌이 스친다. 나고 죽고 울고 웃는 이 세계가 차안(此岸)이고, 강 건너 저편 기슭, 피안(彼岸)이 고통을 여읜 열반의 세계이다. 불교에서 깨달음을 통해 열반의 세계로 나아가는 것이 도피안(到彼岸)이다. 이를 산스크리트로는 파라미타(pāramitā)라고 하며, 한자어로 음역된 것이 《반야심경》에 나오는 바라밀다(波羅密多)이다.

　수행자는 물건이나 사람에 집착하며 고통을 주고받는 이 형상의 세계를 벗어나 궁극의 자리인 피안의 세계에 도달하고자 노력한다. 그런 수행자에게 이 시는 고개를 가로저으며 말한다. 그리로 난 길은 없다고, 열반의 세계로 건너갈 수 있는 강물도 없고, 배도 없고, 뱃사공도 없다고. 완전한 깨달음을 이루는 그 세계는 텅 빔이며, 땅도 시간도, 몸도 마음도 없는 곳이라고 말한다.

　차안과 피안이라는 개념에 묶인 구도자는 "도대체 어디로 가야 한단 말인가?" 길을 묻지만, 이는 한낱 무지일 뿐이다. 영원한 진리는 여기가 아닌 다른 세상에 있지 않다. 마음으로 생각할 수 없으나 그로 인해 마음속의 생각이 이루어지는 것이 실체이며 불멸의 진리라고 영적인 가르침들은 말해준다. 그러기에 깨달음에 이르는 길은 '자신의 몸 안'에 있고, 자신의 마음속으로 이어진 길이다. 이곳저곳을 기웃대던 마음을 붙잡아 그 안의 텅 빔으로 나아가는 길이다.

마음의 그네

의식과 무의식의 기둥 사이에
마음은 그네를 달았다네.
거기에 모든 존재와 모든 세계를 매달고서
그네의 흔들림은 멈춘 적이 없다네.

수백만의 존재가 거기에 있고
해와 달도 거기서 회전한다네.
그렇게 수백만 년이 지나도록
그네는 흔들리고 있다네.

모두가 그네를 탄다네.
하늘도 땅도 공기도 물도
그렇게 위대한 님이 형상을 취하신 거라네.

그것을 보았기에
카비르는
따르는 자가 되었다네.

이 시를 읽으면 몽환적인 장면이 떠오른다. 광활한 공간에 그네 하나가 흔들흔들 앞으로 왔다가 뒤로 갔다가 한다. 그네가 앞으로 나오면 도시와 복잡한 도로 같은 세상의 온갖 모습이 드러나고, 그네가 뒤로 물러가면 모든 것이 깊은 어둠 속에 잠긴다. 그네는 아주 오랜 세월 동안 앞으로 왔다가 뒤로 가기를 쉼 없이 반복하고 있는 듯하다.

마음은 그렇게 그네를 탄다. 마음에는 겉으로 드러난 의식과 광대하게 잠겨 있는 무의식이 다 있다. 의식에 비춰진 형상으로 보자면 해와 달도 땅도 물도 다 있다. 그런데 깊은 무의식으로 마음이 물러나면 금강경에서 말하듯 세상 만물은 "꿈 같고 환상 같고 물거품 같고 그림자 같고, 이슬 같고 또한 번개와 같다."

그네의 운명이 양쪽을 오가는 것처럼 마음 또한 한쪽에 머물러 있지 못한다. 드러난 형상에 매여 내 집, 내 물건, 내 것을 붙잡으려 조급해질 때, 자신의 마음이 그네를 타고 있음을 기억하면 어떨까. 마음의 그네가 다시 깊은 무의식으로 물러가는 순간 이 모든 형상이 텅 빔으로 가라앉을 것임을 안다면.

살아 있는 동안

친구여!
살아 있는 동안 그분을 찾으라.
살아 있는 동안 알라.
살아 있는 동안 이해하라.
구원은 사는 동안 깃드는 것이니

살아 있는 동안 속박을 끊지 못하면
어찌 죽어서 구원을 이룰 수 있으리.
이는 단지 헛된 꿈
영혼이 몸을 떠나는 것만으로
그분과 합일되길 바라는 것은

지금 그분을 발견하면
그때도 그분을 발견하리.
그러지 못하면
그저 죽음의 영토에 머물게 되리.
지금 합일을 이루어야
줄곧 그러할 수 있으리.

진리에 몸을 담그고
누가 참된 스승인지 알고
참된 이름에 믿음을 지녀야 하리.

카비르는 말한다.
위대한 진리 추구의 영이 도울 것이라고.
카비르는 위대한 진리 추구의 영을 따르는 종이라고.

"구원은 사는 동안 깃드는 것이니" 이 한 구절로 카비르의 간절한 마음을 받는다. 살아 있는 동안은 곧 현존의 시간이다. 과거는 기억이요 미래는 기대일 뿐 존재하는 시간이 아니다. 지금 여기가 속박을 끊고, 진리와 합일할 수 있는 시간이다. 살아 있는 시간, 지금이란 순간이 참자아인 그분을 만나는 출입구이다.

　인생의 무상함을 일깨우는 한암(漢岩) 스님의 시에도 카비르와 같은 심정이 담겨 있다.

"광음이 신속함은 달리는 말과 같고,
　잠깐 있다 없어짐은 풀끝의 이슬이라.
　생각 생각이 위태함은 바람 속의 등불과 같아서,
　오늘 비록 살아 있으나 내일을 보전하기 어려우니,
　무엇을 집착하며 무엇을 애착하리오."

물속의 물고기가 목마르다

물속의 물고기가 목마르다는 말을 듣고
나는 웃었다.

실제가 자기 집에 있는 걸 못 보고
그대는 숲에서 숲으로
끝도 없이 헤맨다.

여기 진실을 말하리라.
그대가 가고 싶은 곳으로
바라나시 시든 마투라 시든 가보라.
그대의 영혼을 찾지 못한다면
세상 어디도 그대에겐 실제가 아니리라.

네 잎 클로버의 꽃말은 행운이고 세 잎 클로버의 꽃말은 행복이다. 네 잎 클로버를 찾느라 풀밭을 두리번거리는 것은 어쩌다 찾아오는 행운을 좇기 위해 주변에 널린 행복을 보지 못하는 일이다. 삶의 매 순간이 기적이라고 한다. 버스를 타고 안전하게 출퇴근을 하고, 직장을 다니며 할 일이 있고, 가족과 맛있는 식사를 할 수 있는 일상생활이 모두 은총 속에서 이루어진다. 그런데 늘 부족함을 헤아리며 더 좋은 것을 갈구하는 심사는 "물속의 물고기가 목마르다" 하는 것과 같다.

　목이 마르다고, 행운이 필요하다고, 더 많은 축복을 달라고, 삶이 더 유쾌하고 기뻤으면 좋겠다고, 여기저기로 끝도 없이 헤매보아도 답은 없다. 행복과 기쁨을 발견하고 목마름을 풀려면 자신의 영혼으로 돌아와야 한다. 그 영혼은 이미 행복과 기쁨의 출렁임 속에 미소 짓고 있다. 봄을 찾아다니다 돌아와 집 뜰에서 봄을 발견한 원나라의 여승처럼, 언젠가 우리도 자신의 영혼 안에서 함께 미소 지을 것이다.

"종일토록 봄을 찾아다녀도 봄을 보지 못하고(終日尋春 不見春)
짚신이 닳도록 산 위의 구름만 밟고 다녔네.(芒鞋踏破 嶺頭雲)
뜰 앞에 돌아와 웃음 짓고 매화 향기 맡으니(歸來笑撚 梅花嗅)
봄은 매화가지 끝에 이미 무르익은 것을.(春在枝頭 已十分)"

수행자

요가 수행자는 옷을 물들인다.
자신의 마음을 사랑의 색깔로 물들이는 대신

그는 신성한 사원에 앉아 있지만
지고의 신 대신 돌덩이를 경배한다.

그는 귀를 뚫었고
근사한 수염에
헝클어진 머리를 했으니
딱 염소처럼 보인다.

그는 광야로 나가
모든 욕망을 죽이고자 하나
거세당한 사내 꼴이 될 뿐이다.

머리를 깎고 물들인 법의를 입고
힌두 경전을 읽으며
대단한 설법가가 된다.

하지만 카비르는 말한다.
그는 손발이 묶인 채
죽음의 문에 이르게 되리라고.

카비르는 베 짜는 직조공이라는 자신의 천한 신분에 아랑곳하지 않고 거룩한 구도의 길을 가는 요가 수행자들을 비판했다. 수행자들이 물들인 옷을 입고, 머리가 헝클어진 채 광야로 나가 금욕적인 수행을 하고, 경전을 읽고 유창한 설법을 하는 모습에 대해 카비르는 코웃음을 쳤다. 구도자로서의 진면목은 그런 외양과 예식이 아니라 "자신의 마음을 사랑의 색깔로 물들이는" 데서 알 수 있다고 했다.

　구도자요, 수행자요 하며 외양과 예식의 겉꾸밈에 몰두하는 것은 융 심리학을 빌리면 페르소나(persona)를 입는 일이다. '자신이 아닌 다른 어떤 것으로 보이려고 사용하는 가면'이 페르소나이다. 페르소나를 입고 하는 행동은 일종의 연기이므로 거기에 참다운 자신의 진실은 깃들지 않는다. 그들은 결국 깨달음의 결실을 맺지 못한 채 죽음의 문에 이르게 된다. 진짜 구도의 길은 법의를 입거나 경전을 외는 행위에 의해서가 아니라, 마음이 진리를 향하고 사랑 안에 잠겨 있어야 열린다.

환영을 떨쳐버리는 길

들어보게 형제여
어떻게 환영을 떨쳐버릴 수 있겠나?

리본 묶는 것을 포기해도
나는 여전히 옷으로 둘러싸여 있네.
옷에 묶여 있는 것을 포기해도
몸은 여전히 나를 감싸고 있네.

그렇듯이
정열을 포기해도
나는 분노가 남아 있음을 아네.
분노를 포기해도
탐욕이 여전히 내 안에 있고
탐욕을 부숴버려도
교만과 허영은 버티고 있다네.

마음을 떼어내고
환영을 던져버려도

마음은 여전히 문자에 들러붙는다네.

카비르는 말한다네.
나의 말을 들으라 구도자여!
진리에 이르는 길은 좀처럼 도달하기 어렵도다.

"네 자아가 모든 우상들의 어미 우상이다. 돌이나 나무로 만든 우상은 뱀에 지나지 않거니와 보이지 않는 내면의 우상은 용이다. 우상 하나를 부수기는 쉬운 일이다. 그러나 자아를 진압하는 게 쉽다고 생각하면 그건 오해다." 루미가 한 말이다. 인도의 신비가 카비르가 이 시에서 탄식하는 바와 같이, 수피 신비가 루미도 구도의 길을 가는 이들에게 에고가 큰 난제가 된다고 일찌감치 경고했다.

궁극의 진리를 향한 여정은 왠지 고상하고 매력적일 거라는 환상을 품게 된다. 무지가 한 꺼풀씩 벗겨진다고 하든, 마음의 때를 씻어낸다고 하든, 하여간에 점점 밝아지고 좋아지는 긍정의 오솔길로 나아갈 것만 같다. 하지만 '나'를 집착하는 마음, 분리된 개체로 자신을 주장하는 에고의 마음은 뛰어난 계략가여서 호락호락 물러서지 않는다.

이 시는 차례차례 포기하고 비워 가도 좀처럼 던져버리기 어려운 것이 에고의 환영임을 보여준다. 궁극의 근원을 깨닫고자 하는 구도자로서 리본이나 옷을 벗고, 몸에 대한 애착을 놓기는 비교적 쉽다. 마음에서도 정열을, 분노를, 탐욕을, 나아가 교만과 허영까지도 내려놓을 수 있다. 이 정도면 맑은 의식만 남아 흔들림이 없을 것 같지만, 여전히 자기 본위를 고집하는 마음의 습관을 내려놓기는 정말 쉽지 않다.

그래도 너무 서글퍼하거나 낙담하지 말기를. 간디가 말했다. "내게 적은 대영제국과, 그 다음으로 인도 국민도 있지만, 가장 만만찮은 적은 모한다스 간디라는 남자입니다. 나에게 그는 참으로 벅찬 상대입니다." 간디 같은 인물에게도 대영제국보다 넘어서기 어려운 상대가 자신의 에고였다. 그처럼 누구나 에고라는 어두운 밤을 지나 영혼의 새벽을 맞이했던 것이다.

이 몸은 님의 현악기니

친구여
이 몸은 님의 현악기니
님이 줄을 팽팽히 당겨
지고한 신의 선율을 연주하신다.
줄이 튕겨지다 음정이 느슨해지면
그때는 이 먼지의 악기가
다시 먼지로 돌아가리라.

카비르는 말한다.
지고의 신만이
그의 선율을 연주할 수 있다고.

사실 온몸이 노래하고 있다. 심장이 리드미컬하게 뛰고 폐와 횡격막이 숨을 걸러내면서 수축하고 확장된다. 피가 정맥과 동맥을 순환하는 흐름 속에서도, 말할 때나 걸을 때 근육과 관절이 조화롭게 움직이면서도 온몸에 미세한 진동이 일어난다. 사람마다 고유하게 만들어내는 진동, 이것이 저마다 온몸으로 부르는 노래다. 새나 강아지 같은 동물들은 물론, 가만히 서 있는 듯한 나무나 풀들도 모두 저마다의 노래를 부른다.

　그런데 언제 자기 뜻대로 심장의 연주를 바꾼 적이 있던가? 혈액순환의 속도나 위장과 소화기관이 움직이며 만드는 리듬과 진동을 개인의 의지로 조절할 수 있었던가? 아무리 마음먹어도 생각과 감정이 끝없이 번져 가는 것을 붙잡아 고정하기 어려웠다.

　"님이 줄을 팽팽히 당겨／ 지고한 신의 선율을 연주하신다."라고 이 시에서 카비르는 노래한다. 내 몸과 마음을 연주하는 것은 님, 이 생명을 주관하는 근원이다. 나는 지고의 선율이 담긴 하나의 현악기이다. 언젠가 다시 풀어지고 헤쳐져 먼지로 돌아갈 운명인 '먼지의 악기'. 지고의 선율이 연주되었다니 먼지로 돌아가는 일을 그리 아쉬워하지 않아도 되겠다. 《바가바드 기타》에서 크리슈나 신은 이렇게 말했다. "시간의 밤이 다하면 모든 사물들은 나의 본성으로 돌아오고, 시간의 새로운 낮이 시작되면 나는 그것들을 다시 광명으로 이끈다."

카비르의 삶

    신비주의 시인이자 위대한 종교개혁가인 카비르(Kabir). 15세기 인도 하층민이었던 그는 오늘날까지 인도인들에게 널리 사랑받는 시들을 노래했다. 또 수백만 북인도인들이 믿는 종파인 시크교(Sikhism)의 창시자인 나나크(Nānak)를 포함해 인도의 정신적 인물들에 커다란 영향을 끼쳤다. 카비르의 영향을 깊이 받았던 시인 타고르(Rabindranath Tagore)는 그를 "인도 신비주의 역사에서 가장 흥미로운 인물"이라고 표현했다. 카비르는 외적으로 보면 글자도 모르는 문맹에다가 평생 베 짜는 일을 생업으로 삼은 가난한 하층민이었다. 하지만 내적으로는 힌두교와 이슬람교를 융합하는 종교 사상을 일구고, 오늘날까지 인도와 전 세계에 진리의 영감을 불어넣는 시들을 남긴 탁월한 영혼의 소유자였다.

    그는 일반적으로 1440년경에 태어나 1518년에 사망한, 15세기의 신비주의 시인으로 알려져 있다. 하지만 생몰 연대가 정확하지 않아 일설에는 1398년에 태어나 1448년에 생을 마감했다고도 한다. 그의 부모가 누구인지에 대해서도 여러 설이 있다. 대체로는 바라나시에서 힌두교 승려와 과부 사이의 사생아로 태어나 우물가에 버려졌고, 그를 직조공인 이슬람 부부가 주워다 길렀다고 전해진다. 태어날 때부터 두 종교 사이에 기묘한 연결이 있었던 셈이다.

그가 자라나던 15세기 중엽 바라나시에서는 박티(Bhakti, 신에 대한 충실한 헌신을 불러일으키는 영적인 수행) 사상의 종교혼합주의 경향이 최고로 발달했다. 이미 이슬람의 수피들이 인도 사회에 들어와 종교인으로서 존경을 받는 상황이었고, 이들과 힌두교의 브라만들이 만나 논쟁을 벌이는 일도 종종 있었다. 당시 가장 영향력 있는 종교 지도자는 힌두교의 비슈누(Vishnu) 신을 향한 열렬한 헌신을 설파한 라마난다(Rāmānanda)였는데, 수피와 브라만들은 종종 만나 라마난다의 가르침을 놓고 논쟁을 벌였다.

전해지는 이야기에 의하면, 소년 카비르는 타고난 종교적 열정으로 라마난다를 자신의 운명적 스승으로 바라보았다. 하지만 힌두교의 스승인 라마난다가 이슬람 집안의 소년을 제자로 받아들일 가능성은 거의 없었다. 이를 안 카비르는 라마난다가 자주 몸을 담그던 갠지스 강의 계단에 숨어 있었다. 어느 날 라마난다는 물에 들어가면서 그가 경배하는 비슈누 신의 화신인 라마를 뜻하는 "람, 람"을 외쳤다. 그때 생각지 않게 카비르의 몸에 물이 튀었는데, 카비르는 이를 라마난다의 입으로 입문의 만트라를 준 것이라고 주장하여 제자로 받아들여졌다고 한다.

힌두교 쪽에서도 이슬람교 쪽에서도 반기지 않았을 테지만 라마난다는 카비르를 받아들인 것으로 보인다. 카비르의 생애에 대해서 알려진 것이 거의 없어서, 그가 라마난다의 제자 시절에 어떻게 영적 천재성을 발전시켰는지는 알 길이 없다. 어쨌거나 카비르는 라마난다의 제자로 보낸 수년 동안 스승이 벌이는 신학적이고 철학적인 논쟁에 참여하면서 힌두교와 수피 철학의 용어들에 친숙해졌을 것이다. 나중에 카비르는 라마난다가 자신이 빚진 유일한 인간 스승이라고 그의 노래에서 인정한 바 있다.

카비르는 상당한 종교적 수련을 받았으면서도, 소박하고 글을 모르는 사람으로서 평범하게 결혼하여 베틀 일을 해서 먹고 살았다. 그는 금욕적인 삶을 살지도 않았고 육신의 고행이나 고립된 묵상적 삶을 추구하지도 않았다. 오히려 가정생활 및 하루하루 이어지는 일상의 현실성과 가치를 사랑과 절제의 기회로서 찬양했고, 자신들의 거룩함을 돋보이게 하려는 요가 수행자들의 노력들을 경멸했다. 카비르는 사랑과 기쁨, 아름다움으로 가득 찬 세상으로부터 도피가 필요하다고 여기는 모든 사람들과 종교적 전통을 조롱했다.

결국 하나의 실재, 궁극의 진리는 모든 세상에 걸쳐 사랑의 형상을 취하고 있으므로, 인간이 이를 발견하고 탐구하는 데 가장 적당한 극장은 세상이라고 보았다. 카비르에게 내면적인 경배의 삶과 일상생활은 전혀 분리되지 않는 것이었으며, 일하는 그의 손은 가슴이 열정적 명상에 잠기는 것을 방해하기보다는 도왔다. 이렇게 베를 짜면서 부른 초월적이고 영적인 노래들이 사람들의 마음을 사로잡아 제자들이 모여들었고 그의 노래를 받아 적었다.

그가 초월적 신에 대한 헌신적 사랑을 하층민의 간결한 언어로 노래한 덕분에 종교 융합적인 박티 사상이 언어, 종교, 카스트제도의 장벽을 뛰어넘어 대중적으로 번져 갔다. 그는 시 속에 인간의 영혼과 신의 관계를 하인과 주인으로, 혹은 연인에 대한 헌신적인 사랑과 복종으로 반복해서 표현했다. 이로써 신과의 합일은 곧 사랑의 길임을 제시했을 뿐 아니라 서정적인 아름다움을 안고 그 길을 향하도록 대중들의 감성을 움직였다. 이런 점에서 시크교는 물론 다양한 종교와 종파에 속한 사람들, 여러 계층의 사람들이 그의 시를 사랑하고 그의 시에서 근원을 향한 영감을 얻을 수 있었다.

그는 신이 "카바 신전에도 카일라쉬 사원에도" 없다고 했다. 신은 도처에서 발견되길 기다리고 계시기에 신을 찾아 멀리 갈 필요가 없다는 것이다. 그는 스스로 옳다고 여기는 거룩한 종교적 인물들보다도 세탁부나 목수가 신을 만나기 더 쉽다고 자주 노래했다. 신성한 실재와의 "단순한 합일"은 누구에게나 가슴에서 이루어질 수 있다고 찬양했다.

이런 관점이 노래를 타고 대중들의 마음에 흘러드는 것은 힌두교건 이슬람이건 기성 종교 집단에는 위험한 일이었다. 그런 연유로 카비르가 60세가 되었을 무렵에는 바라나시에서 상당한 박해를 받았던 듯하다. 그후 그는 북인도 여러 도시들로 이동해 가며, 삶과 사랑을 노래하는 시인으로 살아갔다. 그러다 1518년에 건강이 상해서 고락푸르 지역 인근 마그하르에서 죽음을 맞이하게 되었다.

그의 죽음을 놓고도 아름다운 이야기가 전해진다. 그가 죽자 이슬람 제자들과 힌두 제자들이 카비르의 시신에 대한 소유권을 놓고 논쟁을 벌였다. 이슬람 제자들은 매장을 원한 반면, 힌두 제자들은 화장을 원했다. 제자들이 논쟁을 벌이고 있을 때 카비르의 모습이 나타나 자신의 수의를 들춰 그 아래를 보라고 말했다. 제자들이 수의를 들춰보니 시신은 간 데 없고 꽃이 한 다발 놓여 있었다. 그 꽃의 절반은 이슬람 제자들이 가져가 마그하르에 매장하였고, 나머지 절반은 힌두 제자들에 의해 바라나시로 옮겨져 화장되었다. 이로써 두 종교 전통 모두 카비르의 가르침을 아름다운 향기로 전하게 된 것이다.

카비르의 가르침은 그의 제자 나나크를 통해 시크교로 체계화되었고, 그의 시는 오랜 세월 인도인들의 입을 통해 힌디어로 전승되었다. 대표적인 시집은 카비르 시의 전집에 해당하는 《비자크(Bijak)》이다. 20세기 들어 카비르 시의 아름다움은 타고르를 통해 새롭게 꽃을 피웠다. 1913년 노벨문학상을 받은 타고르의 《기탄잘리》(신에게 바치는 노래)는 카비르에게 깊은 영향을 받아 씌어졌다. 또한 타고르는 1915년 힌디어로 된 카비르의 시 100편을 골라 서양의 독자들을 위해 영어로 번역하였다. 그로부터 서서히 카비르의 시들이 다양한 경로로 번역되고 소개되었다.

우리나라에서 나온 카비르의 시집은 《사랑의 그네를 매달 시간》과 《모든 것은 내 안에 있다》가 있다.

카비르의 시 세계는 여러 갈래의 수원에서 흘러든 호수와도 같다. 인도의 종교적 전통을 대표하는 《베다》와 《우파니샤드》, 《라마야나》의 내용들이 그의 시 근간에 녹아들어 있다. 또한 이슬람 부모 밑에서 자라는 동안 인도에 깊숙이 들어와 있던 아타르(Attar), 사디(Sadi), 루미(Rumi), 하피즈(Hafiz) 등 이슬람 신비주의 시와 수피 철학도 자연스럽게 접했다.

그는 다양한 종교가 및 수행자들과도 교류하였다. 힌두교에는 여러 갈래가 있는데, 비슈누 신을 섬기는 바이슈나바, 시바 신을 믿는 사이바, 가네샤 신을 따르는 가나파티아 등을 두루 접하고 가르침을 전했다. 뿐만 아니라 다양한 요가 전통의 수행자들, 불교 수행자, 자이나교도들과도 교류했다. 이런 교류의 영향이 그의 정신 세계 안으로 녹아들고 다시 새로운 영감의 원천이 되어 여러 곳으로 흘러나갔다.

다양한 근원에서 받아들인 진리를 그는 신에 대한 절절한 사랑과 헌신으로 변형해 노래했다. 카비르의 시에서 '그', '님', '손님'으로 마치 인격적 존재인 듯 친근하게 표현되는 신은 모든 것에 스며 있고 두루 존재하는 실재를 뜻한다. 현실의 일상생활이 전부인 듯 살아가는 사람들은 신, 궁극의 실재를 자신과는 거리가 먼 거룩하고 비현실적인 무엇으로 생각하기 쉽다.

카비르는 그렇지 않다고, 누구나 신성과 연결되어 있다고 노래하기 위해 '님'이라는 친근한 표현을 썼다. 그러면서도 신은 인간이 상상할 수 있는 '님'에 국한되지 않으며 한계자와 무한자 둘 다를 넘어선 순수 존재라고 했다. 궁극의 실재는 말로 할 수 없으며, 모든 에너지의 원천이며, 생명과 사랑의 근원이고, 세상이라는 형상을 취한 단 하나의 사랑이다. 따라서 모든 것은 사랑 안으로 흡수되기 마련이며, 사랑의 눈으로 사랑의 가슴으로 깨어 있어야 지고의 실재에 연결될 수 있다고 그는 노래한다. 〈가슴을 따라 내 님께로〉라는 시에서는 이렇게 그려낸다.

"가슴을 따라 내 님께로 헤치며 나아가야 하리.
하여 내 베일을 들어올리고
온몸으로 그를 만나야 하리.
나의 눈은 사랑의 등불로 타올라
님과의 예식을 치러야 하리."

그 '님'을 만나 참된 실재와 합일을 이루는 일이 영혼의 운명이고 영혼의 요구이며 영혼에게 가장 중요한 일이다. 그렇지만 이를 위해 사원이나 신전으로 가고 예식에 매달리는 모든 종교적 관행은 헛된 일이라고 카비르는 말한다. 은둔지에 머물고 고행을 함으로써 사랑을 깨닫고 신과 연결을 이루려고 하는 것은 어리석음에 불과하다. 지고의 실재가 형상을 취한 것이 바로 세상이기 때문에, 생명과 사랑의 근원은 세상의 평범한 일상에서도 발견할 수 있다는 것이다. 〈이 진흙 항아리 안에〉에서 노래하듯 '님'은 바깥이 아니라 진흙의 요소로 빚어진 이 몸 안에서, 각자의 내면에서 발견할 수 있다.

"이 진흙 항아리 안에 나무 그늘과 숲들이 있고
이 안에 창조주가 계신다네.
이 진흙 항아리 안에 일곱 대양과 셀 수 없는 별들도 있다네.
시금석도 보석감정인도 이 안에 있다네.
이 진흙 항아리 안에서 영원의 소리가 샘물처럼 솟아난다네."

카비르는 지성으로는 알 수도 없고 붙잡을 수도 없는 궁극의 실재와 환영에 붙잡혀 사는 인간의 관계를, 누구나 이해하기 쉬운 일상생활의 요소로 드러낸다. 우리 몸을 진흙 항아리나 현악기에 빗대어 노래한 것이 그런 예이다. 진흙 항아리의 유한성과 그 안에 깃든 생명의 무한성의 대비, 그저 현악기일 뿐인 인간과 이를 연주하여 선율을 만드는 지고의 실재라는 대비를 통해, 직관적으로 참된 실상을 이해하게 만든다.

카비르의 시에 자주 등장하는 서로를 기다리는 연인이나, 신랑과 신부의 비유는 신과의 사랑, 신과의 합일을 아주 쉽게 이해하게 해준다. 또 그는 당시 인도 사람이라면 누구나 떠올릴 수 있는 구루와 제자, 순례자, 농부, 철새 따위를 시에 등장시켜 초월적 실재와 인간의 영혼이 맺는 친교를 자연스럽게 드러낸다.

이런 비유를 담은 노래들이 대중적인 힌디어와 지방 사투리로, 문어체가 아닌 구어체로 서민들에게 친근하게 전달됨으로써 폭넓은 반향과 공감을 불러일으킨 것이다.

그러나 궁극의 실재는 어떤 비유로도 온전히 담아낼 수 없는 것이다. 감각적인 인식이나 지성으로는 도저히 추측할 수 없는 신비이기도 하다. 이를 잘 아는 카비르는 때로 모순과 역설의 긴장으로 신비를 표현함으로써 알 수 없는 아름다움이 저절로 가슴을 울리게 만든다. "내 안에서 누구도 울린 적이 없는 영원의 북소리"가 울린다는 시구를 접하면 사람들의 인식은 멈춘다. 모순과 역설의 황홀한 긴장을 가슴으로 붙들게 되는 것이다.

카비르는 시를 글로 적은 게 아니라 악기를 연주하며 노래로 불렀다. 본질적으로 음유시인이었기에 그의 서정시는 음악적 요소가 강하다. 게다가 그는 지고한 신의 창조놀이는 음악으로 가득 차 있다고 느끼기도 했다. 그래서 "누구도 울린 적이 없는 종소리와 북소리"가 울린다는 구절이 자주 등장한다. 그는 "지고의 창조주 안에서/ 모든 세상은 꿰어진 구슬"같이 존재한다고도 노래했다. 그 꿰어진 구슬 같은 세상이 하나의 조화로운 음악처럼 리듬을 타고 울려퍼지는 것을 그는 듣고 보았으며 노래했다. 우주가 춤추는 자이고 우리 각자는 그가 추는 춤일 뿐이라고 한다. 카비르는 이미 수백 년 전에 그 춤을 보고 들었고, 그것을 소박한 사람들에게 일깨 주려고 노래를 불렀다. 그의 가슴 설레는 노래들이 영원의 북소리처럼 지금도 사람들에게 울려퍼지고 있다.

3장

침묵이
손짓하는
곳으로

∞

머튼의 시

침묵 속에서

고요하라
벽의 돌들에 귀를 기울여라.
침묵하라,
벽들이 말하려 한다.
그대의 이름을

살아 있는 벽에
귀 기울여라.
그대는 누구인가?
누가
그대인가?
누구의 침묵이 그대인가?

누가 (잠잠하라)
그대인가 (이 돌들처럼 잠잠하라).
생각하지 마라.
그대가 무엇인지
언젠가 무엇이 될지는 더더욱

그보다
그대 자신인 것이 되라(하지만 누구인가?)
생각으로는 알 수 없는
그대가 모르고 있는 자신이 되라.

오 고요하라, 아직
그대가 살아 있는 동안에
그러면 그대 주변의 모든 것이 살아서
그대 자신의 존재에게 말한다(나는 듣지 못한다).
그대 안에 그리고 그들 안에 있는
알려지지 않은 자로서 말한다.

"나는 노력하리라, 그들처럼
내 자신의 침묵이 되고자
그래도 이는 어렵다.
온 세계가 비밀스레 불타고 있다. 돌들이
불타며, 그 돌들이
나를 불태운다.

어떻게 하면 사람이 고요해져서
불타는 모든 것을 들을 수 있을까?
어떻게 하면 사람이 그것들과 마주앉을까?
그들의 모든 침묵이 불타고 있을 때"

1941년 수도원에 들어간 머튼은 1960년에 비로소 오두막 한 채에서 홀로 은거해도 좋다는 허락을 받았다. 그는 일기에 은둔 생활이 주는 경험을 다음과 같이 적었다.

   "여기서 책을 읽는 행위는 다른 그 어느 곳에서 겪은 경험과 완전히 딴판이다. 침묵과 사방의 벽, 이 속에서 인간이란 존재는 철저히 혼자가 된다. 그것은 경계하는 상태가 아니라 완벽하게 마음을 풀어놓고 감수성을 열어놓은 상태가 된다. 사방이 벽으로 둘러싸여 있고 더없이 고요하다는 것은 온몸의 살갗으로 진리를 듣고 존재의 모든 부분으로 진리를 흡수하도록 한다."

   이 시는 머튼의 일기에서처럼 고요한 방 안에서 홀로 완전히 침묵하는 것의 깊이를 세밀하게 밀고 나간다. 고요 안에 자리를 잡으면 바람 소리, 물소리, 심지어 벌레들이 기어가는 소리 등 온갖 소리에 귀가 열린다. 온몸의 살갗과 존재의 모든 부분이 열려 진리를 들을 준비가 된다. 그때 벽이, 벽의 돌들이 살아서 건네는 말을 들을 수 있다. 그 말은 "생각으로는 알 수 없는/ 그대가 모르고 있는 자신"을 향한 말, 참된 존재를 향한 말이다. 오로지 잠잠하게 침묵해야 듣게 된다. 생각으로는 알 수 없는 말, 비밀스레 불타오르는 혹은 빛나는 그 말을.

지혜로움

나는 공부했으나
공부는 아무것도 가르쳐주지 않았다.
나는 배웠으나
곧바로 모든 것을 잊었다.
잊어버리자, 지식으로 무거워졌다.
견딜 수 없는 텅 빈 지식으로

내가 지혜롭다면
인생은 얼마나 감미로울까
더 이상 보이지 않고 생각되지도 않을 때
지혜는 잘 알게 된다.
오직 그때에만 이해를 감당할 수 있으리라.

세상에서 가장 먼 길은 머리에서 가슴에 이르는 길이다. 그렇기에 머리에서 아는 것이 가슴을 움직이지 못한다. 신문 한 장에 들어 있는 지식과 정보는 아프리카 원주민 부족이 평생에 걸쳐 배우는 지식의 양과 맞먹는다고 한다. 오늘날에는 아이들조차 신문과 책을 넘어 인터넷을 통해 실시간으로 엄청난 지식을 접한다. 지식의 축적으로 진리에 가까워질 수 있다면 지금이 가장 천국에 가까운 시대일 것이다.

　하지만 공부는 아무것도 가르쳐주지 않는다. 삶의 진실에 눈뜨게 하는 것들은 공부로 배운 지식에서 오지 않는다. 진정한 이해의 무게감을 감당할 수 있는 앎은 텅 빈 지식이고, 머리가 아니라 가슴이 열려 흘러나오는 지혜다. 그 지혜로 지나가는 이웃에게 미소 지을 줄 알고, 가로수 사이로 불어오는 바람의 느낌을 새롭게 감지할 수 있다. 다정한 손길, 따뜻한 말 한마디, 겸손하고 진실한 태도는 열린 가슴의 지혜가 몸으로 드러난 모습이다. 이 시에서 말하듯 알음알이를 비우고 지혜로 살아가는 자의 인생은 부드럽고 따뜻하며 감미로울 것이다.

신성한 가슴

지상이 끝나는 곳,
나침반이 북쪽 방향을 잃어버리는 곳,
지평선이 더는 의미가 없어지고
길조차 다다를 수 없는 곳.
어떤 특별한 북극광도 기대할 수 없는 나는
짧은 "건배"를 외치며 나의 캄캄함에 축배를 듭니다.

오 불타는 가슴이여
볼 수도 상상할 수도 없는 이 광야에서
당신, 당신만이 참되시니,
나 여기서 당신을 찾았습니다.
나 여기서 당신을 사랑하고 칭송하겠습니다.
말을 잃은 죽음 안에
내 백골이 바쳐져
이 사하라 모래바람 속에 빛바래고 윤이 날 때까지.
당신의 명령에 다시 살겠습니다,
영원히 계속되는 봄의 꽃들을 기르고 피우겠습니다.

진리를 따르는 자에게 얼마만큼의 용기가 필요한가 묻게 된다. 지상의 모든 길이 끊기고 나침반이 더 이상 방향을 잡지 못하는 지점, 희미하게라도 길잡이 삼을 불빛도 없는 캄캄한 밤에 이르렀을 때, 과연 한 걸음 더 내딛는 용기는 어떻게 나오게 될까? 더구나 영혼의 밤이라 일컫는 지독한 고난을 통과하는 상황이라면 말이다. 에드거 앨런 포(Edgar Allan Poe)는 "시련이 없다는 것은 축복받은 적이 없다는 것이다."라고 말했다지만, 시련을 축복으로 받아들이는 용기는 좀처럼 내기 힘들다.

이 시에서 머튼은 담대한 수도자의 용기를 드러낸다. 모든 길이 끊긴 캄캄함에 그는 차라리 축배를 든다. 바깥 세계의 좌표를 잃었다는 한탄 한마디 없이 자신의 가슴으로 들어가 내적 여정의 새 길을 연다. 그 길은 볼 수도 없고 상상할 수도 없는 광야이자 사막이고, 막막한 길이다. 또한 설교나 경전을 논함으로써 갈 수 있는 길이 아니기에 그는 기꺼이 말을 잃고 죽고자 한다. 너무 오랜 침묵으로 백골이 되다 못해 빛이 바랜다 해도 오로지 진리의 명령에 순종하려 마음먹는다. 가슴 안에서 참된 진리를 찾을 때까지, 그 진리로 영원한 생명의 봄을 꽃피울 때까지.

지금 누군가 구도의 여정에서 괴로움을 겪고 있다면, 하지만 아직 바깥 세상의 길이 완전히 끊긴 건 아니라면, 이 시를 통해 아직 영혼의 어두운 밤에 이르지 못했음을 알게 되리라. 그리고 머튼처럼 이 길을 먼저 간 사람들도 길을 잃은 적도, 캄캄함을 통과했던 적도 있었다는 것에서 용기를 내게 되리라. 새 길은 가슴에서 시작된다. 신성한 가슴, 그 불타는 길이 안에서 부르고 있다.

줄곧 아래로

나는 아래로 내려갔다.
동굴 속으로
줄곧 아래로
바다 밑바닥까지
요나와 고래보다도
더 밑으로 내려갔다
누구도 그 아래까지 가지는 못했으리라
나만큼은.

나는 더 내려갔다
어떤 다이아몬드 광산보다도 아래로
킴벌리 광산의
가장 깊숙한 구덩이보다도 깊이
나는 악마가 되었나 싶었다
악마도 더 깊이 내려가지는 못했으리라
나보다는.

하여 사람들이

내가 영원히 가버렸다고
내가 내내
지옥에 있다고 여겼을 때
나는 곧장 내 몸으로 돌아와서
밖으로 나가
나의 종을 울렸다.

그들이 아무리
지금 나를 해치려 들어도
그 어떤 무덤에 나를 묻으려 해도
그 어떤 불의를 내게 저질러도
나는 보았다
그 모든 믿음의 뿌리를.

나는 보았다
생명과 죽음이 만들어지는 그 공간
하여 나는 알게 되었다
전쟁이 형성되는 비밀스러운 모습을

또한 나는 모든 것이 생겨나는
자궁까지도 보았다
내가 그토록 멀리 내려갔기에!

하지만 사람들이
내가 영원히 가버렸다고
내가 내내 지옥에 있다고 여겼을 때
나는 곧장 내 몸으로 돌아와서
밖으로 나가
나의 종을 울렸다.

이 시는 초개인심리학의 창시자인 그로프(Stanislav Grof)를 떠올리게 한다. 그로프는 수천 번에 걸쳐 LSD라는 환각제의 임상 연구를 실행하였고, 그 과정에서 많은 사람들이 일상적인 에고 의식을 넘어서는 경험을 한다는 놀라운 연구 결과를 보고했다. 연구에 참여한 상당수의 사람들은 자궁 속 태아 경험이나 전생 체험은 물론, 돌이나 파충류 같은 다른 생명체의 의식 경험, 심지어 무생물이나 정신세계만 있는 영적 존재의 의식 상태까지 경험했다. 그로프는 이렇게 확장되는 의식 경험이 "갈수록 심층화되어 가는 무의식의 연속적 전개를 드러내는 것 같다."라고 말했다.

　머튼도 그런 의식의 심연까지 내려갔던 모양이다. 바다 밑바닥, 그의 운명의 상징인 요나의 고래보다도 더 깊은 바닥, 광산의 가장 깊숙한 구덩이보다도 컴컴하고 깊은 무의식의 바닥까지 갔으리라. 거기서 그는 "그 모든 믿음의 뿌리를", "생명과 죽음이 만들어지는 그 공간"을, 그리고 "모든 것이 생겨나는 자궁까지도" 보았다. 머튼은 인식의 근원, 삶과 죽음의 근원, 만물이 출현하는 시원에 가라앉아 형상의 세계가 이루어지는 뿌리를 이해하게 되었다.

　그렇게 깊은 무의식에 잠겼다가도 그는 순식간에 몸으로 돌아와 종을 울렸다. 의식의 심연에서 현재 의식으로 그렇게 빨리 돌아올 수 있는 까닭은 의식세계가 분리되어 있지 않으며 눈먼 에고 의식의 뿌리가 곧 근원적 의식이기 때문이다. 곧장 돌아올 수 있으니 그 반대의 여정도 가뿐하게 열린다. 의식의 심연을 깨닫는 데는 시간과 공간의 제약이 없으며, 그 여정도 오랜 세월 먼 길을 에돌아야 하는 것이 아니다. 근원 의식과의 연결은 바로 지금 여기에서 일어난다. 그러면서도 지금 너머의 지금, 여기를 넘어선 여기에서 이루어진다.

침착한 수도자의 영혼 안에 있을 때

침착한 수도자의 영혼 안에 있을 때
닮고 싶은 신부님들이 더 이상 없다면
그 가난은 차라리 성공이다.
지붕이 없어졌다 말하면 작은 표현이고
집조차 잃은 것이다.

친구들은 물론 별들도,
그 고귀한 상실에 화가 나리라.
성인들도 몇 갈래로 흩어지리라.

고요하라.
더 이상 뭐라 말할 필요가 없다.
수도자의 후광을 관심과 함께 날려보낸 건
행운의 바람이고
그의 명성을 익사시킨 건
행운의 바다였다.

여기서는 금언도 비망록도

찾을 수 없다.
어떤 길도 없으며
경탄할 만한 방법도 없다.
가난이 업적이 될 수 없는 곳에서는.
신께서 그의 텅 빔 안에 고통처럼 살아 계신다.

무슨 선택이 남아 있을까?
평범해지는 것은 선택이 되지 못한다.
그건 비전이 없는 사람들이 누리는
그저 그런 자유일 뿐이니.

차를 몰고 꼬불꼬불한 골목길을 힘들게 올라갔는데 그 끝에서 "길 없음. 돌아가시오."라는 표지를 만나 난감했던 적이 있다. 구도의 길에서도 그런 막다른 골목을 만날 수 있다. 어떤 종교나 수행자 집단이 최고 경지에 이른 것 같아 다가갔다가 실망하는 경우가 더러 있다. 더는 본받을 스승도 없고 지도자라고 하던 사람들도 서로 등을 돌리는 상황이 되면, 마치 날 저물고 갈 곳 없는 나그네처럼 마음이 스산하다. 전처럼 내세울 명성도 사람들의 관심을 끌던 후광도 없어진 그런 시절, 심경은 한없이 가난해져 집을 통째로 잃은 것만 같다.

　그렇지만 이 시는 가난한 자의 신세 타령을 들어주지 않는다. "평범해지는 것은 선택이 되지 못한다/ 그건 비전이 없는 사람들이 누리는/ 그저 그런 자유일 뿐이니."라고 한다. 모든 지표와 방향을 상실했을 때, 비로소 영적 가난, 완전한 가난에 이른다. 그 영적 가난에 이르러야 다른 스승이나 지도자 없이 자신의 내면을 통해 나아가는 진리의 여정을 시작한다.

　영적 가난의 중요성을 몹시 강조했던 중세 독일의 신비가 마이스터 에크하르트(Meister Eckhart)는 스승과 집을 잃는 정도가 아니라 자기 자신마저 잃어야 한다고 말했다. "신을 전적으로 받아들이고자 하는 사람은 자기 자신을 전적으로 포기하고 자기 자신을 벗어나야 한다."라고 했다. 머튼이 이 시에서 노래하듯 신은 가난한 자의 텅 빔 안에 고통처럼 살아 계시기 때문이다. 외적인 풍요로움이 사라지고 가난해질 때 그 비워짐에서 빛의 길이 열린다.

저 홀로 부르는 노래

노오란 꽃이
(빛이고 영인)
홀로 노래하네
누구도 위하지 않는 노래를.

황금빛 영이
(빛이고 텅 빔인)
한마디 말없이 노래하네
저 홀로.

이 온화한 태양에 누구도 손대지 못하게 하리
그의 깊고 검은 눈에서
누군가 깨어나리니.

(빛도 없고, 황금도 없고, 이름도 없고, 색깔도 없고
또한 생각도 없는
오 광대한 깨어남이여!)

황금빛 하늘이
저 홀로 노래하네
누구에게도 닿지 않는 노래를.

산길을 걷다가 누구나 한 번쯤 이름 모를 작은 들꽃을 만난다. 그냥 지나칠까 하다가도 햇빛을 받아 반짝이는 모습에 끌려 자세를 낮추고 가만히 들여다본다. 노란 꽃도 흰 꽃도 파란색 꽃도 있다. 손톱보다도 작은 꽃조차 완벽한 균형을 갖춘 꽃잎에다가 암술과 수술, 작은 반점까지 그 꽃만의 독특한 아름다움을 펼치고 있다. 오래 응시하노라면 그 들꽃에서 색깔을 넘어 빛깔로 투명하게 퍼져 나오는 맑은 기운을 느끼게 된다.

　들꽃은 지나가는 사람들의 눈에 띄길 바라며 피지 않는다. 나무나 곤충들이 심심할까 봐 그들을 위해 피어난 것도 아니다. 그저 자신이 뿌리 내린 그 자리에서, 자신이 빚어낼 수 있는 최상의 모습으로 피어난다. 그리고 자신다운 생명력을 조용히 뿜어내며 생의 한때를 지키고 있다.

　사람들 또한 같지 않을까? 이 시의 원제목 "Song for Nobody"처럼, 다른 누군가를 위해서가 아니라 자기 자신으로 노래하기 위하여 이 모습 이대로 태어난 것이 아닐까? 저마다 제 영혼의 색깔로 불러야 하는 노래, 그래서 우주의 화음에 자신만의 독특한 가락을 입히는 노래를 부르기 위해서 말이다. 그처럼 아무도 위하지 않고 저 홀로 부르는 노래는 우주의 끝에 가 닿을 것이다. 그리하여 결국 모두를 위하는 노래가 되겠지.

멋지고 꾸밈없는 예배

바람과 멧새
그리고 오후의 태양.
태양에게 묻기를 그치고
나는 빛이 되었습니다.
새와 바람.
나의 잎새들은 찬양합니다.

나는 땅입니다, 땅입니다

이 모든 빛나는 것들이
내 가슴에서 자라납니다.

키 큰 소나무 한 그루가
내가 지녔던 옛 이름의
첫 글자처럼 서 있습니다.

내가 영(靈)이었을 때
내가 불타고 있었을 때

이 계곡이
신선한 공기로 가득했을 때
당신은 나의 이름을 말하셨습니다.
당신의 침묵에 이름을 지어주시며

오 멋지고 꾸밈없는 예배!

나는 땅입니다, 땅입니다

내 가슴의 사랑은
풀과 꽃들로 터져 나옵니다.
나는 푸른 공기로 된 호수
그 안 내 자신의 장소에
들판과 계곡이
비춰집니다.

나는 땅입니다, 땅입니다

내 풀잎 무성한 가슴에서
내 이름 없는 들풀에서
멧새가 날아오릅니다.
당신께 드리는 소박한 예배에서.

머튼의 일기 중에 이 시를 읊조린 날 썼을 법한 대목이 있다.

"태양에 흠뻑 젖은 봄날 아침 나절…… 하늘의 방대한 푸른 호(弧), 나무, 언덕, 풀, 그리고 모든 것에 넋을 잃었다. 무엇보다도 우리가 자연의 일부분이라는 사실은 얼마나 중요한가. 사람은 고독 안에서 하느님께 완전히 순명하는 존재들에게 온전히 둘러싸인다. 이렇게 되면 내게는 한 자리만 열려 있게 된다. 만일 내가 그 자리를 차지한다면 나또한 그분의 뜻을 실현하고 있는 것이다. 자연이 열어 둔 자리는 오로지 의식하는, 깨닫는 자, 이 모든 것을 일체로서 보는 자, 모든 것을 하느님께 찬미 · 기쁨 · 감사로 봉헌하는 자의 것이다."(《토머스 머튼의 단상》 중에서)

이 시에서 펼쳐지는 숲 속 예배의 광경은 거룩하면서도 아기자기하다. 멋지기도 하고 꾸밈없이 천진하게도 보인다. 새와 바람, 잎새들은 제 각각의 모습으로 신을 향해 찬양하고, 호수는 신성한 눈길로 들판과 계곡을 비춘다. 피어나는 꽃과 풀은 궁극의 사랑을 증거하며, 키 큰 소나무는 신과 나의 연결을 상징하듯 서 있다. 온갖 것이 생생하게 살아서 감사로 봉헌하는 더할 나위 없는 예배다.

신비가들의 시선은 시대를 건너뛰어도 같은 진실을 포착하는가 보다. 수피 신비가인 루미도 머튼보다 오래 전에 자연이 바치는 기도를 알아보고 이렇게 재치 있게 노래했다.

"나무들이 의무 기도를 바치고
  새들은 묵주 기도를 왼다.
  제비꽃은 기도에 몰두하다가
  그만 고개가 구부러지고 말았다."

그대가 천상의 빛을 찾는다면

그대가 천상의 빛을 찾는다면
나, 고독이 그대의 교사다!

나 그대보다 앞서 텅 빔 안으로 가서
그대의 새 아침을 여는 낯선 태양을 떠오르게 하고,
그대 내면 깊숙한 방의
창문을 열리라.

나, 홀로 있음이 특별한 신호를 보낼 때,
나의 침묵을 따르라,
내가 손짓하는 곳으로 따르라!
두려워 말라, 어린 짐승, 어린 영혼이여
나, 고독은 천사이며
그대 이름으로 기도해 왔노라.

저 텅 빈 풍요로운 밤을 보라
순례자의 달을 보라!
나는 예정된 시간이니,

"지금"이
　칼날처럼 시간을 가르리라.

　나는 예기치 않은 불빛
"예"와 "아니오"를 넘어섰고,
　신의 말씀보다 앞선 자이다.

　내 길을 따르라 내 그대를 인도하리니
　금빛 머릿결의 태양에게로,
　로고스와 음악, 부끄러움 없는 기쁨에게로,
　순결한 질문,
　그리고 그 답 너머에로,
　나, 고독은 그대 자신이기에
　나, 무(無)가 그대 모두이기에.
　나 고요가 그대의 '아멘'이기에!

"나는 예정된 시간이니,
'지금'이
　칼날처럼 시간을 가르리라."

고독이 교사로서 말한다. '지금'이 고독으로 들어가야 할 때라고, 그리고 그때 시간 너머의 지평이 열린다고 한다. 고대 그리스인들은 시간을 크로노스(Kronos)와 카이로스(Kairos) 두 가지로 나누었다. 크로노스는 하루, 이틀, 1년, 2년…… 이렇게 연대기적으로 흐르는 일상적인 '시간'이고 카이로스는 '예정된 시간', 즉 의미 있는 일이 일어나는 때를 가리킨다. 이 시에서 고독은 일상적으로 흐르는 크로노스의 시간을 칼날처럼 갈라, 저 깊은 심층의 의미를 발견하는 예정된 시간, 즉 카이로스로 존재를 전환시킨다.

고독. 홀로 있음은 혼자 있음이 아니고 외로이 있음은 더더구나 아니다. 분주하게 지내며 많은 사람들과 관계 맺고 살아 가면서도, 무언가에 연연하지 않고 고요함에 머물러 있음이다. 언제라도 내면 깊숙한 방으로 들어가 그 텅 빔 안에 머물 수 있음이다. 한적한 성소나 사원에서 지내는 것은 고독의 외양에 지나지 않는다. 내면의 시끄러움이 잦아들고 마음 속 욕망과 번뇌를 내려놓아야 진짜 홀로 있음이다.

이 시에서 고독이 어떻게 우리를 인도하는가를 본다. 고독은 질문을 받거나 답을 주지 않는 교사다. 고독에서 배우려면 '예'와 '아니오'라는 사리분별을 접어 두고, 신의 말씀을 헤아려 알고자 하는 인식 작용을 넘어서야 한다. 고독이 인도하는 여정은 무(無)로 가는 길이고 그대 자신이 되는 길이다. 그렇게 고독 안에 잠길 수 있다면 천상의 빛, 진리에 이르는 때는 멀지 않다.

밤에 꽃피는 선인장

나에게 주어진 시간을 알아요
알려지지도 않고 고요하며 짧은 시간이죠
왜냐면 나는 예고도 없이
단지 하룻밤 나타나니까요.

소리로 가득한 계곡에 해가 떠오르면
나는 뱀처럼 굳어버리죠.

어둠 속에서만, 아무도 볼 수 없게
내 참된 모습을 드러내어도
(낮에는 뱀처럼 보이니까요)
나는 밤에도 낮에도 속하지 않는답니다.

해와 도시는
내 깊은 곳의 하얀 종을 볼 수 없어요.
내 시간 없는 순간의 텅 빈 실체도 알지 못하죠.
내가 아낌없이 베풀어도 아무 답을 못해요.

땅속의 알 수 없는 기쁨으로부터
성체성사를 드리듯 갑작스레 나를 들어올렸을 때
세상 몸의 깨끗하고 온전함에 나는 순종하였답니다.
나는 미묘하면서 전체적이고
예술적이기보다 열정을 불러일으키며
정수에서 길어 올린 깊이 있는 기쁨이자
형상 입은 신성함이고 돌들의 웃음이지요.
나는 정결한 목마름의
지극한 순수랍니다.

나는 내 진실을
드러내지도 숨기지도 않아요.
나의 순결함은
오직 신성한 재능에 의해서만
설명이 필요 없는 하얀 동굴이라고
아주 조금 이해되지요.

나의 순수를 보는 사람은

감히 말하지 못할 거예요.
내가 단 한 번 나의 흠 없는 종을 열 때
누구도 나의 침묵에 질문하지 않을 거예요.
그 모든 것을 아는 밤 새가
내 입에서 날아오를 테니까요.

당신은 본 적이 있나요?
그렇다면 내 웃음이 아주 빨리 끝났더라도
당신은 그 메아리 속에 영원히 살 거랍니다.
당신은 결코 예전 같지 않을 거예요.

선인장꽃이 말을 걸듯 다정한 느낌이 드는 시다. 선인장 중에는 단 하룻밤만 피는 꽃들이 있다고 한다. 그래서 어떤 선인장은 월하미인(月下美人)이라는 자못 신비스러운 이름을 지니고 있다. 메마른 사막의 거친 모래에 뿌리를 박고 빛 없는 어둠을 택해 꽃잎을 열고 향기를 발하는 선인장.

"(나는) 정수에서 길어 올린 깊이 있는 기쁨이자
　형상 입은 신성함이고 돌들의 웃음이지요.
　나는 정결한 목마름의
　지극한 순수랍니다."
선인장꽃의 아름다움을 이보다 더 아름답게 표현할 수는 없을 듯하다.
　고요하고 짧은 순간에 모습을 드러내는 선인장꽃은 구도자의 내면에서 피어나는 깨달음의 모습과 닮아 있다. 텅 빈 진실과 하나를 이루는 깨달음의 순간은 그리 자주 찾아오지 않는다. 사물의 움직임에 정신이 팔리는 대낮이나 분주한 도시의 길거리에서는 더욱 어렵다. 모든 빛이 사라진 깊은 적막으로 들어섰을 때, 구도자의 내면에서 들어올려지듯 알 수 없는 기쁨으로 다가오는 것이 깨달음이다.

　비록 그 한 번의 피어남에서 완전한 깨달음을 이루지는 못할지라도, 이 시는 작은 위안 하나를 내어준다. 깨달음의 순간으로부터 작은 새 한 마리, 곧 순수의 비상이 날아올라 영원 속에 메아리에 남길 것이라고. 그런 경험을 한 구도자는 예전과 같을 수 없다. 한 번이라도 눈 뜬 자에게 세상은 영원히 달리 보이게 마련이니까.

나무들이 무(無)를 말하는 겨울을 사랑하라

오 작은 숲이 부드럽게
낮은 가지들로 눈을 어루만진다!
오 눈 덮인 돌들이
성장의 집을 감추고 있다!

비밀스러운
식물의 말들,
글을 모르는 물,
날마다 영(0, zero)이다.

산만함 없이 기도하라.
웅크린 나무로
금속에 새겨진 듯
파묻힌 절정!

불이여, 내면을 향하라.
그대의 취약한 성채로,
튼실한 아기 탄생의 자리로,

무(無)의 집으로.

오 평화여, 이 정신 나간 곳을 축복하라.
침묵이여, 이 성장을 사랑하라.

오 침묵, 금빛 찬란한 영(0, zero)
지지 않는 태양이여

나무들이 무(無)를 말하는 겨울을 사랑하라.

이 시가 그려내는 겨울 풍경 안으로 들어가본다. 한겨울 작은 숲에 나뭇가지들이 눈에 덮였고, 바윗돌에도 눈이 쌓여 있다. 새하얀 눈에 덮여 식물들도 물도 보이지 않으니 마치 모든 것이 성장을 멈춘 채 비밀에 잠긴 듯하다. 하얀 적막감과 겨울 추위의 싸늘함을 간직한 숲은 그야말로 아무것도 없는 영(0)의 상태처럼 느껴진다.

그 가운데 웅크린 나무, 깊은 침묵에 잠긴 나무들은 기도의 자세를 취하고 있다. 밖에서 보는 겨울 나무들은 눈 밑에 얼어붙은 듯하고 생명의 기운을 조금도 느낄 수 없다. 하지만 나무들은 생명력을 유지하기 위해 온 힘을 다해 내적 중심, 탄생의 자리, 생명이 시작된 근원의 지점인 무(無)를 향하고 있다.

머튼 자신도 적막 속에 이 광경을 응시하는 가운데 나무의 기도에 연결되었던 것일까? 그는 벅찬 어조로 그 숲의 평화를, 내면이자 근원으로 뻗어 가는 성장을 노래한다. 모든 것과 더불어 침묵 안으로 녹아들며 금빛 찬란한 영(0), 무(無)로 화하는 경이로움에 휩싸이고 있다. 그 감격으로 "나무들이 무(無)를 말하는 겨울을 사랑"하지 않을 수 없었을 터이다. 동양사상을 탐색하면서 선(禪)에서 말하는 무(無)를 이해하게 된 가톨릭 수도자 머튼. 무(無)를 기독교적인 신의 무 혹은 무의 신으로 연결하고자 했던 벽이 없는 진리의 수도자 머튼. 우리도 언젠가 겨울 나무와 함께 기도하며 머튼의 금빛 찬란한 무(無)에 녹아들 수 있기를.

이방인

고요한 나무들을
누구도 듣지 않을 때
웅덩이에 비친 태양을
누구도 알아채지 못할 때

첫 번째 빗방울을
누구도 느끼지 못하는 곳
혹은 마지막 별을 누구도 보지 못하는 곳

혹은 거대한 세상의
첫 아침의 싸락눈을 누구도 보지 못하는 곳
평화가 시작되고
분노가 끝나는 곳에

새 한 마리 고요히 앉아
신이 하시는 일을 바라본다.
한 개의 떨어지는 잎과,
두 개의 지는 꽃송이와,

열 개의 파문이 연못에 이는 것을.

하나의 뭉게구름은 언덕 위에 떠 있고
두 개의 그림자는 계곡에 드리우며
그리고 빛은 집으로 내리쬔다.

이제 새벽은 가장 큰 행운을
붙잡으라 명하고,
놀라운 상(賞)에 내맡기라고 명한다!

어떤 말 많은 스승보다도
더 가깝고 더 명료한,
당신 내면의 이방인
한 번도 본 적 없는 이여.

일렁이는 대양보다도
더 깊게 더 선명하게
나의 침묵을 붙잡으시고

나를 당신 손으로 붙드신다!

이제 행동은 낭비가 되고
고통 또한 겪지 않으리라.
규칙들은 쓸데가 없고
한계들은 사라지리라.
질투심도 갖지 않고
정열이란 없어질 테니.

보라, 저 거대한 빛이 고요히 서 있다.
우리의 가장 깨끗한 빛은 하나다!

시 제목이 알베르 카뮈(Albert Camus)의 소설 《이방인》과 같은 것은 우연이 아닌 듯싶다. 머튼은 카뮈의 실존적 사고, 부조리와 죽음에 맞서는 용기와 책임감을 높이 평가했다. 그의 일기에 이방인을 언급한 부분도 있다. "우리는 언어라는 어정쩡한 세상에서 벗어나 고독과 영원으로 가는 여행자들이다. 우리는 이방인들이다." 카뮈가 부조리한 사회에서 치열하게 실존을 추구하는 사람들을 이방인으로 봤다면, 머튼은 수도자인 자신처럼 이 세상이란 현실에서 벗어나 영원과 진리를 추구하는 사람들을 세상의 이방인으로 보았다.

　이 시에서는 한 걸음 더 안으로 들어가 "한 번도 본 적이 없는" 내면의 이방인과 대면한다. 모든 이의 안에 살고 있으며 누구보다도 가까운 그 낯선 이를 말이다. 그는 마치 모든 것이 정지한 듯한 묘한 때와 알 수 없는 곳에서 만날 수 있다. 고요한 나무도 태양도 듣거나 알아채지 못하는 그러한 때, 빗방울도 마지막 별도 느끼거나 보지 못하는 그러한 곳, 평화가 시작되고 분노가 끝나는 곳은 현실의 시공간을 뛰어넘은 초월의 상태를 의미한다.

　그때 내면의 낯선 이는 "나의 침묵을 붙잡으시고/ 나를 당신 손으로 붙드신다." 그가 날 붙들면 쓸데없이 낭비하는 행동도, 고통도, 한계도, 질투심도 다 사라진다. 그러면 그토록 원하던 평안이 남을 터이다. 그런데 왜 아직도 내면의 이방인을 만나 그와 손잡지 못하는 것일까. 고독과 영원으로 가는 여행은 언제나 그 끝에 닿을까. 어디쯤에서 저 깨끗한 빛에 닿을까. 질문은 끝이 없지만 답은 침묵을 기다린다.

인간은 도(道) 안에서 태어난다

물고기는 물에서 태어나고
사람은 도 안에서 태어난다.
만약 물고기가 물에서 태어나
연못이나 웅덩이의
깊은 그늘을 찾아다니면
모든 물고기의 욕구는
채워진다.
만약 사람이 도 안에서 태어나
무위의
깊은 그늘 안에 가라앉아
성냄과 근심을 잊으면
부족함이 없고
그의 삶은 안전하다.

그러니
물고기에게 필요한 것은
물 안에서 노니는 것이요
사람에게 필요한 것은

도 안에서
노니는 것이다.

머튼은 중국의 학자 오경웅의 도움을 받아 5년간 장자를 공부한 끝에 자신이 체득한 장자를 총 62편의 시로 정리하여 1965년에《장자의 도》란 책으로 펴냈다. 기독교 신비가로서 영적 여정을 걸으면서 점차 동양사상의 무(無)나 도(道)를 꿰뚫는 직관적인 안목을 얻은 덕분일 것이다. 그는 자신이 쓴 어떤 책보다도《장자의 도》를 쓸 때 즐거움을 느꼈다고 말하기도 했다.

　이 시는《장자》6편 대종사(大宗師)편의 다음 구절에 해당한다.

　"물고기는 강과 호수에서는 서로를 잊고, 사람은 도의 세계에서 서로를 잊는다.(魚相忘乎江湖 人相忘乎道術)"

　물고기에게 물은 벗어날 수도 없고 달리 찾을 필요도 없는 생존의 바탕이다. 그처럼 사람이 존재하는 바탕은 도, 곧 무위의 자연스러움이다. 유위(有爲)나 인위(人爲)가 있어 억지로 무언가를 하고자 하고 얻고자 할 때, 성냄과 근심이 있어 삶은 요동친다. 물고기가 유유히 물속을 헤엄치듯, 이기심과 욕망을 내려놓고 무위로 흘러가는 사람에게 그 삶은 노닐 듯 여유로울 것이다.

　에머슨은 이렇게 말했다. "신성한 본성과 만나면 몸이 민첩하고 부드러워져서 기쁨에 어쩔 줄 모르게 된다. 삶은 더 이상 권태롭지 않으며, 앞으로도 영원히 그렇지 않으리라는 생각이 든다. 신성한 본성과 계속 소통하는 사람은 나이도 불행도 죽음도 두려워하지 않는다. 이미 변화의 차원에서 벗어나 있기 때문이다." 다른 목소리인 듯하지만 이 글에서도 장자의 모습이 언뜻 비친다.

나의 끝에 나의 시작이 있다

태초에는 텅 빈 무였고, 이름 없는 것이었다.
그 이름 없는 것 안에 하나가 있었으니
몸체도 없고 형체도 없었다.
이 하나,
그로부터 모든 것이 생겨날 기운을 얻는 이 존재가
생명이다.
생명으로부터 형체 없는 것, 나뉘지 않은 것이 나온다.
이 형체 없는 것의 작용으로 만물이 생겨나,
각각의 내적 원리를 따르니,
이것이 형체이다.
여기서 몸체는 영을 품고 간직한다.
이 둘은 하나로 작용하여
그 특징을 혼합하고 펼쳐 간다.
하여 이것이 본성이다.

하지만 본성에 순종하는 자는 형체와 형체 없음을 통해
생명으로 되돌아가고,
생명 속에서 시작 없는 태초에 결합한다.

이 결합은 같아짐이고
같아짐은 공이며
공은 무한이다.

새는 부리를 열고 지저귀며
그런 후에 부리가 합쳐지면 다시 침묵으로 돌아간다.
하여 본성과 생명은 공 속에서 다시 만난다.
마치 노래를 부른 후에
새의 부리가 닫히는 것처럼.

하늘과 땅은 시작 없음에서 합쳐지나니
모든 것이 어리석음이고, 무지이며,
멍청이의 등불 같고, 마음을 여읜 것이다.
이에 순종함은
부리를 닫는 것이며
시작 없음으로 드는 것이다.

《장자》 12편 천지(天地)에서 밝힌 만물의 시작을 풀어낸 시다. 천지편에 의하면 태초에는 무(無)만 있었다가, 여기서 하나가 생겨나고, 이로 말미암아 물건이 생겨났는데, 그 작용을 덕(德)이라 한다. 하나로부터 끊임없이 나뉘어 가는 것을 명(命)이라 하고, 그로부터 만물이 생성되면 형체가 생겨난다. 그 형체에 담기게 되는 어떤 정신적인 원리, 즉 영(spirit)을 본성이라고 한다.

인간은 형체에 영이 깃들어 있으니 본성을 갖춘 존재이다. 이 본성에 순종하면, 다시 말해 본성이 닦아지면 덕으로 되돌아가 시작 없는 태초에 결합한다. 이 결합은 같아지는 것이고 공(空)으로 텅 비어지는 것이고 무한이 되는 것이다. 이런 이치는 새의 부리에 대한 선명한 비유로 압축된다. "새는 부리를 열고 지저귀며/ 그런 후에 부리가 합쳐지면 다시 침묵으로 돌아간다."

사람들의 호기심은 끝이 없어서 자신의 시작과 끝은 물론 세계의 시작과 끝을 알고 싶어 한다. 하지만 그것은 앎으로 다가갈 수 없는 자리이다. 머튼은 《장자》에서 새의 부리가 노래를 부른 후 닫힘으로써 시작 없음에 드는 그 자리를 보았다.

법륜 스님은 같은 자리를 '무시무종(無始無終)'이라 했다. "시작과 끝은 다르지 않다. 시작과 끝은 같다. 시작도 없고 끝도 없다. 생각을 일으켜 경계를 짓고 시작과 끝의 두 모양을 지으니 현상에 집착하여 온갖 고뇌를 일으킨다. 한 생각 쉬어지니 경계가 사라지고 모양이 없으니 집착할 바 없다. 팔만사천 온갖 번뇌 본래 없어라." 누가 어찌 가리키든 그 역시 달을 가리키는 손가락일 뿐이다.

큼과 작음*

도의 빛으로 사물을 보면
가장 좋은 것도 없고, 가장 나쁜 것도 없다.
각각의 사물이 자신의 빛으로 보면
그 나름대로 잘나 보인다.
그 자신의 입장에서는
그와 비교하는 것보다
"더 좋을" 수 있다.
하지만 전체의 관점에서 볼 때
어느 하나도 "더 낫다"고 내세울 건 없다.
만약 그대가 차이를 재려 한다면
다른 것보다 더 큰 것은 "크므로"
"크지" 않은 것이 없고,
다른 것보다 더 작은 것은 "작으므로"
"작지" 않은 것이 없다.

하여 전 우주가 한 톨의 쌀알이며,
머리카락 한 올의 끝이
태산만큼 크다.

이런 것이 상대적인 관점이다.

* 영시 원문은 다섯 연으로 된 장시인데 첫 연만 옮김.

중국의 큰 강 황허의 신이 천하의 아름다움이 자신에게 다 있다고 생각했다가, 북해의 큰 바다로 나아가 끝이 없는 것을 보고는 자신의 '큼'이 '큼'이 아님을 알게 되었다. 그때 북해의 신이 크고 작음의 상대성에 대해 이야기한 부분이 이 시의 내용이다. 《장자》17편 추수(秋水)에 나오는 대목을 머튼이 시로 풀었다.

　크다와 작다, 더 낫다, 더 못하다는 것은 상대적일 뿐, 비교의 관점 또는 기준을 바꾸면 다 달라진다. 우주에는 일천억 개의 은하계가 있다고 하니 우주에 비하면 우리 은하계는 가히 쌀 한 톨에 불과하다. 머리카락 한 올 두께가 일만 나노미터*이니 길이가 20~150나노미터인 미생물들에게 머리카락은 태산만큼 크다. 이렇게 보면 크고 작음이나 좋고 나쁨을 가리려 드는 것은 몽상이고 허깨비 놀음이다. 그러니 양쪽을 넘어서서 도의 빛으로 볼 일이다. 도는 가장 작은 것보다도 작고 가장 큰 것보다도 큰 것이기에 그 모든 것을 포괄한다.

　가톨릭 수도자인 머튼이 장자를 읽으며 즐거워한 이 대목을 고대 힌두교 경전인 《우파니샤드》에서는 이렇게 펼쳐 보였다. "나의 중심에 있는 이 아트만*은 쌀알보다도, 작은 겨자씨보다도, 조보다도, 껍질을 깐 좁쌀 한 알보다도 더 작다. 또 나의 중심에 있는 이 아트만은 땅보다, 우주 공간보다, 천상보다, 또는 이 모든 것을 합한 것보다 더 크도다."

---

* 나노미터(nm)는 10의 -9제곱미터, 즉, 1/1000000000m임.
* 아트만(ātman): 힌두교 핵심 원리의 하나로 개인에 내재하는 초월적 자아를 뜻함.

신발이 잘 맞을 때

도안가인 공수는
맨손으로 원을 그리는데
그림쇠로 그리는 것보다 더 완벽했다.

그의 손가락은
어디서 왔는지 모르게 저절로 형태를 만들어냈다.
그동안 그의 마음은
그가 하는 일에 대해
자유롭고 근심이 없었다.

아무런 적용이 필요 없었다.
그의 마음이 완벽하게 단순해서
어떤 장애도 몰랐다.

하여 신발이 잘 맞을 때는
발을 잊고,
허리띠가 잘 맞을 때는
허리를 잊으며,

마음이 올바를 때는
'찬성'과 '반대'를 잊는다.

추구도 없고 충동도 없고,
욕구도 없고 유혹됨도 없으면,
그대의 모든 일이 순조롭다.
그대는 자유로운 사람이다.

쉬운 것이 알맞다.
알맞게 되면 쉬워진다.
계속 쉬우면 알맞은 사람이다.
쉬움으로 가는 알맞은 길은
알맞은 길을 잊는 것이다.
그러니 가는 것이 쉽다는 것도 잊으라.

이 시의 백미는 다음 구절이다.

"하여 신발이 잘 맞을 때는
발을 잊고,
허리띠가 잘 맞을 때는
허리를 잊으며,
마음이 올바를 때는
'찬성'과 '반대'를 잊는다."

정말 그렇다. 발에 특별히 아픈 곳이 없으면 발을 전혀 의식하지 않
고 오래 걸을 수 있다. 소화기에 별다른 증상이 없으면 배를 의식하지
않고 음식을 먹는다. 남보다 잘하겠다, 승진하겠다, 돈이 더 생길 것이
다 하는 욕구나 유혹됨이 없으면, 사람들은 평안한 마음으로 순조롭게
일을 할 것이다.

도안가 공수가 컴퍼스 같은 도구를 쓰지 않고도 완벽하게 원을 그
릴 수 있었던 것은 "그의 마음이 완벽하게 단순해서" 자유로웠던 덕분
이다. 안의 마음이 바깥의 일을 만날 때 좋다 싫다, 끌린다 거슬린다
하는 분별을 떠나 있으면 그 일은 쉽고 물 흐르듯 자연스럽다. 그렇게
이루어지는 일이 알맞은 사람이 알맞게 하는 일이다. 알맞음조차 잊고
이루어지는 일이 아마도 진정한 알맞은 일이리라. 도안가 공수처럼 한
분야에서 신묘한 솜씨를 인정받고 싶은 사람에게 이 시는 마음이 툭
트였는지를 먼저 묻는다.

머튼의 삶

토머스 머튼(Thomas Merton)은 엄격한 금욕주의 전통을 지닌 트라피스트 수도회의 신부로서 27년을 수도원에서 생활하였다. 세상과 분리된 수도원 담장 안에서 묵상 생활을 한 머튼은 고독과 침묵의 우물에서 세상을 향한 풍부한 말씀을 길어 올렸다. 그는 《칠층산》이라는 자전적 저서를 포함해 37권의 방대한 저술과 수백 편의 글을 쓴 인기 작가이자 시인으로서 당대에 많은 영향을 끼쳤다. 평생에 걸쳐 은수자(隱修者)로서의 삶을 열망했으면서도 전 세계의 종교가와 철학자, 예술가들과 편지를 주고받으며 폭넓은 교류를 했다. 한마디로 그의 생애는 세상 밖에서 홀로 묵상하는 데 바쳐진 것이자 거기서 깨우친 평화로 세상 안을 비춘 역설의 삶이었다.

머튼은 1915년 1월 프랑스에서 뉴질랜드 출신 아버지와 미국인 어머니 사이에서 태어났다. 부모가 둘 다 예술가였던 덕에 머튼은 이미 다섯 살 때 읽고 쓰고 그림을 그렸다. 초등학교 시절에 소설을 쓰기 시작했을 정도로 글재주가 좋았고 스스로도 글 쓰는 사람이 되고 싶어 했다. 머튼이 여섯 살 때 어머니가 죽자 미국과 프랑스 등을 옮겨 다니며 살았다. 그가 열여섯 살 되던 1931년에 아버지마저 뇌종양으로 죽었다.

머튼은 영국 오컴의 고등학교를 다니며 영어 과목에서 여러 번 상을 받았고 권투도 배웠다. 1933년에는 케임브리지대학에 장학금을 받고 입학했는데 파티와 오락거리에 빠져 지냈고 한 여인을 임신시키기도 했다. 1935년에 그가 뉴욕을 방문했을 때 이런 사실을 안 머튼의 대부는 그에게 미국 컬럼비아대학에 남도록 권유했다.

머튼은 컬럼비아대학을 다니며 문학을 하는 친구들과 어울렸고, 대학생 간행물인 〈제스터〉의 삽화 편집자로 일했다. 그 인연으로 당시 〈제스터〉 편집장이던 로버트 렉스와 평생 친구가 되었고, 불교 승려였던 브라마차리와도 친분을 나누었다. 이 무렵 머튼은 문학에 대한 관심과 더불어 대학생들의 공산주의 운동이나 간디의 시민불복종 운동 등 사회 정의에도 상당한 관심을 가졌다.

한편 그의 내면에서는 서서히 그리스도교와 수도 생활에 대한 열망이 솟아나기 시작했다. 1938년 10월 가톨릭 신자인 제러드 홉킨스(Gerad Manley Hopkins)의 전기를 읽고 있는 동안, 머튼은 마음 깊은 곳에서 '자네는 무엇을 기다리고 있는가?'라는 또렷한 목소리를 들었다. 그리고 그해 11월에 가톨릭 교회에서 세례를 받았다. 1941년까지 머튼은 뉴욕의 성 보나벤투라 대학에서 영어를 가르쳤으며, 프란치스코 수도회에 입회할 생각을 품기도 하고 뉴욕의 할렘가에서 가난한 흑인들을 위해 일하는 가톨릭 운동에 참여하기도 했다.

이러한 탐색을 거치면서 머튼은 점점 더 묵상가의 길, 독거하는 수도자의 삶을 동경하게 되었다. 1941년 4월 어떤 교수의 추천을 받아 주말 피정을 다녀온 켄터키 산골의 겟세마니 수도원은 그의 영혼에 지울 수 없는 인상을 남겼다. 머튼은 세상 모든 것이 시들해 보였고 "참된 질서가 지켜지는 곳은 오직 한 군데" 그 수도원뿐이라고 느꼈다. 1941년 12월 10일, 머튼은 세상에서 지니고 있던 모든 것을 나눠주고 침묵과 성스러움의 삶을 향해 겟세마니 수도원으로 들어갔다.

겟세마니 수도원은 성 베네딕토의 엄격한 종규에 따라 기도와 노동으로 사는 트라피스트 수도회 수도원이었다. 수도자들은 육류를 먹지 않고 사순절 때는 금식을 하며, 무명이나 양모로 만든 모자 달린 긴 성의를 입고 지냈다. 새벽 2시에 일어나 기도로써 일과를 시작하며 함께 먹고 미사를 드리지만 필요한 경우 외에는 묵언으로 침묵 속에서 생활했다.

하지만 깊은 고독과 묵상으로 채워지는 일상을 꿈꾸며 수도회에 들어간 머튼 신부에게 겟세마니는 너무도 시끄럽고 활동이 많은 곳이었다. 특히 프레더릭 수도원장은 머튼의 글쓰는 재능을 알아보고 그에게 시와 일기를 쓰도록 했다. 그는 수도원에 들어온 지 3년 뒤인 1944년 11월 '시 삼십 편(Thirty Poems)'이라는 제목으로 첫 시집을 발간했다.

1948년에 발표한 《칠층산》은 그의 인생을 바꿔놓았다. 수도자가 되기까지 자전적인 삶을 기록한 《칠층산》은 미국을 넘어 세계적으로 인기를 끌었다. 많은 사람들이 수도 생활에 관심을 갖고 머튼에게 편지를 보내왔고, 수도자가 되겠다고 찾아오는 사람도 많아졌다. 겟세마니 수도원이 처한 이러한 상황을 머튼은 "침묵과 홀로 있음을 사랑하는 270명의 수도자들이 70명을 위해 세워진 건물에 처박혔다."라고 표현했다.

그는 순수한 묵상 생활에 대한 갈증을 느껴 수도원장에게 거듭 질문을 하지만 계속해서 글을 쓰라는 원장의 지도에 순명했다. 1949년에 썼던 《명상의 씨앗》은 1962년에 대폭 수정하여 《새 명상의 씨앗》으로 펴냈다. 수도자가 되기로 서원하고 사제 안수를 받기까지 5년간의 일기를 토대로 한 《요나의 표징》은 1953년에 발표되었고, 1956년부터 1965년까지 쓴 일기를 주제별로 뽑아내어 정리한 《단상: 통회하는 한 방관자의 억측》은 1965년 발표되어 역시 커다란 주목을 받았다.

머튼은 여전히 은수자의 삶을 동경하며 하느님이 자신에게 바라시는 바, 즉 자신의 진정한 소명이 무엇인지를 내적으로 물었다. 그러면서 참된 묵상과 홀로 있기는 외부에서 구하는 것이 아니라 내면 깊은 곳에서 발견하는 것임을 점차 이해해 갔다. 그는 《요나의 표징》에서 이렇게 썼다. "참된 홀로 있기는 당신 외부에 있는 것이 아니다. 당신 주변에 사람이나 소리가 부재한 상태가 아니다. 오히려 참된 홀로 있기는 당신의 영혼 한가운데 있는 열려진 심연이다."

그는 수도원에서 멀지 않은 마을인 루이스빌에서 두 차례 놀라운 신비 체험을 경험했다. 첫 번째는 1948년 수도원을 방문한

외국인 방문객과 동행한 때였다. 거리에서 마주친 세상 사람들에게서 사악함이 아니라 그 영혼들을 향한 깊은 존경과 사랑과 동정의 감정을 느끼게 되면서 머튼은 놀라워했다. 다시 10년 후 수도원 일로 루이스빌을 방문했던 머튼은 4번가 모퉁이에서 그만 신의 현현이라고 할 만한 놀라운 경험을 한다. 그는 이때 "내가 모든 사람을 사랑했고 그들 가운데 누구도 내게 낯설지 않은 존재요 또 그럴 수도 없다는 사실을 깨달았다"고 술회했다. 수도원의 묵상과 기도라는 내적 생활이 그야말로 심연에서부터 그를 변화시킨 것이다.

머튼은 부사제 서품, 사제 서품을 받으며 그의 삶에 한 획을 긋는 깊은 체험을 한다. 외적인 현실에는 아랑곳하지 않고 평화와 행복 안에 잠기는 경험을 하며, 자신을 비우고 하느님이 이끄시는 대로 따라가는 길이 자신의 운명임을 체감한다. 1951년부터는 사제 서품을 준비하는 학생들을 가르치는 수련 지도자의 일을 맡게 되었다. 묵상을 통해 깊어진 내적 수련의 힘은 학생들을 지도하는 과정에서 타자에 연결되는 부드러운 힘인 '연민'으로 넓어져 갔다.

그의 관심 영역은 지속적으로 넓어져 아시아 종교까지 포괄하게 되었다. 중국 난징의 대주교를 통해 불교 수도원 생활에 대해 들었고, 편지를 주고받은 힌두교인에게는 몇 권의 책을 부탁해 읽었다. 유명한 일본의 선사인 스즈키 다이세쓰에게는 자신의 책 《선과 맹금》의 서문을 써 달라고 요청하는 편지를 보냈다.

1965년에는 5년간 공부한 장자를 자신의 시적 감수성으로 재정리하여 《장자의 도》를 펴냈다.

머튼은 1960년대 들어 강대국간에 군비 경쟁이 심해지고 핵전쟁의 위협이 증대될 뿐 아니라, 미국 내에서 인종 갈등이 첨예해지는 등 세상이 파국으로 치달아 가는 광경을 목도했다. 이제 그에게서는 타자에 대한 연민을 지닌 수도자를 넘어, 세상을 일깨우는 예언자적인 목소리가 울려 나오기 시작했다. 그는 〈가톨릭일꾼〉이라는 저널 등에 핵전쟁에 반대하는 평화에 관한 글을 썼다. 수도회 총원장이 수도자로서 부적절하다며 이를 공식적으로 금지하자, 비공식적인 인쇄물을 만들어 사람들에게 배포했다. 사회 정의와 평화에 대한 그리스도교인의 책임의식을 촉구하는 머튼의 노력은 후에 교황 요한 23세가 발표한 회칙 〈지상의 평화〉나 1965년 선포된 〈사목헌장〉에 상당한 영향을 끼쳤다.

1968년 머튼은 방콕에서 열리는 수도회의 대회에 참석해 달라는 요청을 받고 아시아 종교들과 직접 접촉할 기회를 얻어 두 달간의 여정을 떠났다. 그는 달라이 라마를 포함해 여러 티베트 승려를 만났고, 인도, 타이, 스리랑카의 종교 유적지를 방문했다. 그는 인도 콜카타에서 열린 세계 종교 간 회의에서 짤막한 연설을 했다. 그의 연설은 이렇게 끝을 맺었다. "사랑하는 형제들, 우리는 이미 하나다. 그러나 우리는 그렇지 않다고 생각한다. 우리가 회복해야 하는 것은 본래부터 하나였던 하나됨이다. 우리가 되어야 하는 것은 본디 그대로의 우리다."

안타깝게도 그는 수도원에 돌아가지 못하고 방콕의 한 호텔에서 선풍기에 감전되어 생을 마감했다. 1968년 12월 10일. 세속의 삶을 뒤로 하고 수도원으로 들어선 지 27년 후 같은 날에 그는 세상의 삶마저 넘어선 것이다.

머튼은 요나의 표징을 자신의 것으로 삼았다. 니네베로 가라는 신의 명령을 받고도 반대로 가고자 했으나 결국 고래 배 속에 들어가 니네베로 가게 되었던 예언자 요나의 역설적인 운명. 머튼도 자신이 고래 배 속이라고 표현한 봉쇄 수도원의 정주 생활을 하면서 그 너머에 있는 광대한 세상을 향해 나아갔다. 1953년에 발표한《요나의 표징》에서 그는 자신의 운명을 이렇게 압축했다. "요나처럼 저도 역설의 고래 배 속에서 제 운명을 향해 여행한다고 생각합니다."

시 세계

《칠층산》이나《새 명상의 씨앗》을 포함해서 국내에 나와 있는 머튼의 저서는 20권이 넘는다. 그에 비해 시 작품은 소개된 것이 거의 없어서 머튼의 시인으로서의 면모는 잘 알려져 있지 않다. 하지만 머튼은 수도원에 들어간 초기부터 1968년 죽기 직전까지 줄곧 시를 썼으며, 현대에 보기 드문 가톨릭 신비주의 시인으로서 분명한 위치를 점하고 있다.

《머튼 시 전집》은 1977년 미국 뉴디렉션(New Directions) 출판사에서 나왔다. 여기에는 머튼이 생전에 출판했던 시집들은 물론, 출판되지 않았던 시들과 프랑스어로 쓴 시들까지 수백 편이 망라되어 있다. 《시 전집》에 수록된 주요 시집들은 《시 삼십 편(Thirty Poems)》(1944), 《갈라진 바다 속의 사람(A Man in the Divided Sea)》(1946), 《파국의 형상(Figures for an Apocalypse)》(1947), 《눈먼 사자의 눈물(The Tears of the Blind Lions)》(1949), 《낯선 섬(The Strange Islands)》(1957), 《원자폭탄(Original Child Bomb)》(1962), 《분노의 계절의 문장(Emblems of a Season of Fury)》(1963), 《으뜸이신 분을 향한 전보(Cables to the Ace)》(1968), 《로그레어의 지도(The Geography of Lograire)》(1968) 등이 있다.

머튼이 글쓰기의 재능을 타고난 것은 사실이지만 수도원 생활 초기에 그의 마음을 사로잡은 것은 글이나 시 쓰기가 아니라 묵상 생활이었다. 당시 프레더릭 수도원장의 명으로 일기도 쓰고 시도 써 가면서 머튼은 너무 많은 활동에 버거워했고 오로지 철저한 고독 속에서 묵상 생활에 깊이 잠기기를 갈망했다. 그는 몇 번이고 원장을 찾아가 시를 그만 써도 되는지 물었다. 그래도 원장이 계속 시를 쓰도록 하자, "성모님, 이 미덥지 않은 재능을 돌려받기를 바라신다면 기꺼이 돌려드리겠습니다." 하는 밤기도를 올리기도 했다.

머튼은 자의든 타의든 시를 계속 썼을 뿐 아니라, 신의 근원에 닿고자 묵상하는 수도자로서 그만의 목소리를 담은 분명한 시 세계를 보여주었다. 머튼의 시론을 쓴 앨런 올터니(Alan Altany)

는 이러한 머튼의 시 세계를 '소멸의 시학'이라고 명명한다. 그의 시론에 따르면, 머튼의 시는 한편으로는 세계의 소멸에 관한 시들로 새로운 세계에 대한 종말론적 비전에 의지해 낡고 부패한 세계의 소멸을 노래한다. 다른 한편으로는 신 안에서 참자기를 발견함으로써 거짓 자기의 소멸이 이루어짐을 노래하는 시들이기도 하다.

달리 말하면 머튼의 시들은 거짓 자기로 살아가던 차원에서 신과의 연합을 이루는 차원으로 나아가는, 즉 세속성에서 신성성으로의 의식 '전환'에 초점을 맞추는 시들이다. 이 신성성을 어떻게 표현하는가가 시인으로서 머튼의 중요 관심사였다. 그가 신성성을 깨닫고 '전환'의 지점을 향해 나아갈 수 있었던 것은 묵상, 즉 침묵을 통한 신비적인 경험이었다. 이는 그의 시 〈침묵 속에서〉에서 잘 나타난다.

"귀 기울여라
그대는 누구인가?
누가
그대인가?
누구의 침묵이 그대인가?"

이 구절에서처럼 침묵은 자신은 입을 닫고 살아 있는 벽이 말하도록 하는, 다시 말해, 자신의 본질이 무엇인지 귀 기울여 들으며 새로운 의식 상태로 전환하는 작업이다.

머튼은 죽기 직전까지 자신의 시적 주제, 곧 세속성을 넘어 신성성 내지 신과의 연합으로 나아가려는 수도자 시인으로서의 탐색을 추구했다. 그러는 한편 당대 유명 시인들의 시를 읽으며 현대시의 흐름과 변화도 잘 파악하고 있었다. 그 자신도 현대시의 흐름을 따라 형식과 내용면에서 상당한 실험을 했다. 시 안에 산문을 포함시키거나, 한 이미지에서 다른 이미지로 빠르게 전환되는 초현실주의 이미지들을 차용하거나, 역설과 아이러니, 형이상학적인 시구들을 이용했다. 아주 후반기 시에서는 반시(anti-poetry)라고 불리는 형식 파괴적인 시들을 쓰기도 했다.

머튼의 초기 시에 큰 영향을 끼친 시인은 T. S. 엘리엇으로 보인다. 머튼은 일기에서 엘리엇의 〈네 개의 사중주〉를 읽으며 그의 문학적인 순결에 감탄한다고 적었다. 자신도 시인으로서 엘리엇처럼 예리하고 명확해야 하며 그렇지 못하다면 시를 그만 써야 한다고 말하기도 했다.

1960년대 현대 예술의 핵심 주제는 부조리였다. 사르트르의 실존주의 철학이 나왔고, 니체의 "신은 죽었다."가 커다란 반향을 불러일으켰다. 머튼은 이러한 현대문학의 조류를 잘 파악했으며 사르트르와 카뮈를 읽었다. "20세기의 파리는 카뮈를 의미하고 사르트르를 의미한다."라고 했을 정도다. 머튼은 카뮈에게 깊은 호감을 보였고 치열하게 진리를 추구하는 카뮈에게 친근함을 느꼈다. 머튼은 자신의 삶을 살기로 자유롭게 선택한다는 명분 아래 부조리와 죽음에 맞서는 카뮈의 용기와 책임감에 경탄하였다. 머튼의 시집이나 시에 '이방인'이란 표현이 제법 등장하는 것도 이런 배경과 무관하지 않다.

1960년대에 머튼이 아시아 종교 전통을 탐구하기에 이르면서 그의 시는 '무(Nothingness)'나 '비-존재(Non-Being)'를 향해 한 걸음 더 나아간다. 그는 스즈키와의 교류를 통해 선과 불교를 배우고, 오경웅과 장자를 공부하면서 도교를 이해하였다. 불교와 도교는 아주 오래전부터 무 혹은 공에서 존재와 조화를 이루는 창조적이고 기쁨 넘치는 실재성을 발견했음을 그는 깨달았다. 이에 비해 서양적 사고는 극히 최근에야 비-존재를 대면하게 되었다고 생각한 머튼은 '무'를 기독교 전통 안에 통합하고자 애썼다.

이렇게 선 사상의 영향을 받아 '무'에 접근하는 시들이 1963년 출간된 시집 《분노의 계절의 문장》의 한 흐름을 이루고 있다. 그 중 〈나무들이 무를 말하는 겨울을 사랑하라〉라는 시를 보면 머튼은 아무 생명도 없고 말도 없는 겨울의 풍경을 '무'로 본다. 그런데 흰 눈과 텅 빈 그 '무' 속에 비밀스러운, 생명으로 가득 찬 무엇이 있다. 죽음처럼 보이고 완전히 '0', 제로이지만 그 무는 모든 것을 품는 무한대이기도 하다.

"비밀스러운
식물의 말들,
글을 모르는 물,

날마다 영(0, zero)이다"

《분노의 계절의 문장》에는 또 하나의 흐름으로 전쟁 및 인종 갈등과 같은 사회적 위기에 대한 저항시들이 수록되어 있다. 이미 머튼은 1962년에 핵전쟁을 비판하는 〈원자폭탄〉이란 시를 발표한 바 있으며, 같은 해에 핵전쟁 불가피론을 전면적으로 비판하는 《머튼의 평화론》(원제는 '포스트 그리스도교 시대의 평화')이라는 책을 냈다. 이 두 가지를 연결해 볼 때, 그동안 머튼이 개인적 묵상으로 이뤄 갔던 신과의 연합이 이때쯤 서서히 바깥 세상에 있는 고난받는 자들과의 연합으로 확장되었다고 볼 수 있다.

머튼이 일기에 적은 한 대목이 그런 변화를 짐작케 한다. "나의 고독은 나 자신의 것이 아니다. 나는 이제 고독이 참으로 그들의 것임을 이해하고, 나 자신을 위해서가 아니라 그들을 위해서 고독에 대한 책임이 있음을 알기 때문이다. 내가 홀로 있을 때 그들은 '그들'이 아니라 나 자신이다. 낯선 자들이란 없다!"

《머튼 시 전집》에 별도의 시집으로 수록되지 않았지만 그의 시 세계를 논의할 때 《장자의 도》를 빼놓을 수는 없다. 머튼은 1965년에 출판된 이 책의 서문에 "내가 쓴 어떤 책보다도 이 책을 쓸 때 즐거움을 느꼈다."고 말했으며, 같은 해 여름 동안 장자에 푹 빠져 그 책의 서론을 두 편이나 쓰기도 했다. 머튼의 장자 공부는 중국계 학자 오경웅의 도움을 받아 5년간 이루어졌다. 그러면서 영어나 프랑스어로 된 네 권의 《장자》 번역서를 읽어보니 그 책들이 '도'의 신비적 특성을 파악하지 못하고 번역자들의 추측 수준에서 번역된 것임을 알게 되었다. 그래서 기독교 전통의 영적 여정을 걸었던 머튼 자신의 직관적 안목으로 장자를 재해석하게 된 것이다.

〈나의 끝에 나의 시작이 있다〉라는 시는 《장자》 외편의 12편 천지를 다룬 것이다. 그 중 "새는 부리를 열고 지저귀며/ 그런 후에 부리가 합쳐지면 다시 침묵으로 돌아간다./ 하여 본성과 생명은 공 속에서 다시 만난다."는 구절이 있다. 머튼도 많은 시를 남기고 침묵으로 돌아갔다. 그는 침묵이 시작 없음과의 결합이고, 같아짐이고, 공이고, 무한이라 스스로 노래했으니, 자신의 침묵 속에서 하느님과 결합하여 무한으로 돌아갔을 것이다.

4장

발걸음마다
피는 꽃

∾

틱낫한의 시

서로 안에 있음

해가 내 안으로 들어온다.
구름과 강과 더불어 내 안으로 들어온다.
나 또한 강으로 들어간다.
구름과 강과 더불어 해로 들어간다.
우리가 서로 안에 들어가지 않는
그런 순간은 없다.

그렇지만 내 안으로 들어오기 전,
해는 이미 내 안에 -
구름과 강과 더불어 내 안에 있었다.
강으로 들어가기 전,
나는 이미 그 안에 있었다.
우리가 서로 안에 들어가 있지 않는
그런 순간은 없었다.

그러니, 알아다오.
네가 숨을 멎는 그 순간까지
내가 네 안에 들어 있음을.

이 시의 영어 제목은 'Interbeing'으로 상즉(相卽)을 뜻한다. 틱낫한이 창시한 종파인 상즉종(相卽宗)의 핵심적인 가르침이 이 말에 담겨 있다. 상즉(相卽)은 화엄경의 핵심 교리인 상즉상입(相卽相入)에서 온 말인데, "너로 인해 내가 존재하고, 나로 인해 네가 존재함"을 뜻한다. 모든 사물은 무수한 인연에 상호 의존하여 성립되므로 겉으로 별개인 듯 보여도 그 본체는 하나라는 사상이다. 이 관점에서는 서로 떨어져 있는 개별적 존재란 없다.

"우리가 서로 안에 들어가지 않는/ 그런 순간은 없다."

이 구절은 윌리엄 블레이크(William Blake)가 "한 알의 모래알에서 우주를 보고, 한 송이 들꽃 속에서 천국을 본다."라고 한 것이나, 의상 대사의 유명한 게송 중에 "하나의 티끌에 온 우주가 들어 있고, 찰나의 한 생각이 끝이 없는 영겁이다.(一微塵中含十方, 一念卽是無量劫)"라는 말씀에 맞닿는다.

이것이 아주 작은 것에도 큰 것이 포함되고 서로가 서로 안에서 발견되는 마음자리다. 이 자리를 깨친 사람은 분리된 '나'를 내세우고 주장하기 위해 벌이는 온갖 심리 게임을 훌쩍 넘어설 것이다. 자신 안에서 해와 강을 보고, 거리나 타인들 속에서 자신을 보기에 세상 모든 것들과 연결을 이룰 것이다. 아주 광대한 마음 안에서 매 순간 영원을 살 것이다.

숲에서

나무들의 공동체 –
그 가운데 사람 몸 하나 들어 있는
수천 그루 나무들!
가지마다 잎마다 물결 짓는다.
문득 개울이 부르는 소리,
내 눈은 거대한 마음의 하늘 향해 열리고.
잎사귀마다에
돋아나는 웃음.

숲은 여기 있다.
도시가 저 아래 있기 때문이다.
그러나 마음은 나무들을 따라나서
새로운 풀빛 옷을 걸친다.

햇빛은 나뭇잎이다.
나뭇잎은 햇빛이다.
햇빛은 나뭇잎에 다르지 않다.

나뭇잎은 햇빛에 다르지 않다.
온갖 모양, 온갖 소리가
같은 본성에서 나온 것들이다.

"내 눈은 거대한 마음의 하늘 향해 열리고"

개안(開眼)이다. 사물의 겉면을 뚫고 깊숙이 심층을 보는 눈이 열린 것이다. 그 눈으로 나무들을 보니 수천 그루 각각에 사람 몸 하나씩 들어 있다. 이제 숲은 그냥 나무들의 장소가 아니라 또 다른 사람들의 마을이다. 눈이 열리니 귀도 따라 열려 개울물 소리가 그를 부르는 소리로 들린다. 모든 잎사귀마다 웃음이 돋아나는 것을 보고 듣는다. 열린 눈과 열린 마음으로 다가가는 사람에게 숲의 정경은 살아 있는 본래 모습, 비밀스런 아름다움을 그렇게 드러낸다.

마음이 활짝 열려 자신도 숲의 일부인 양 풀빛 옷을 걸치고 나니 숲의 본래 모습이 찬연히 펼쳐진다. "햇빛은 나뭇잎이다./ 나뭇잎은 햇빛이다." 내리쬐던 햇빛은 나뭇잎으로 들어가 나뭇잎이 되고, 빛을 받아 반짝이는 나뭇잎은 햇빛의 일부가 된다. 죽은 나무가 땅이 되고 그 땅이 물과 함께 뻗어 올라 제비꽃으로 피어난다. 만물이 서로를 내어 주며 서로가 된다. 그야말로 '서로 안에 있음(interbeing)'이다.

이와 같이 숲을 만난 사람은 숲의 저녁 기도 소리도 들을지 모른다.

"어둠이 숲과 계곡을 덮어 오자
땅 위에 있는 풀과 나무들이 일제히 별을 향해
손을 모읍니다
우리 모두 똑같은 생명을 지닌 한 가족이며
크고 완전하고 넓은 우주의 품에 들어
넉넉하고 평온해지기를"
— 도종환, 〈저녁숲〉 중에서

변형된 환영

지평선은 눈꺼풀이 무거워지고
산맥들은
대지의 베개 위에
몸을 눕히고
풀과 꽃들도
향기를 잠재우는
황혼.

환영(幻影)이 베일을 걷어 올린다.

바람은 손을 들어올리고
비취색 촛대는
하늘 은하수에 빛을 뿌리고
언덕의 열린 문간에
성스런 언어를 기록하며
별똥별이 떨어지고
돌아가는 꿈의 환영을 좇아
일만 생명이 맴돌고.

세계의 실상(實相)을
드러내는
이 밤의 한순간.

이 현실 세계는 과연 얼마나 견고할까? 수십 층의 콘크리트 건물, 자동차, 수천 톤의 배, 마트에 가득한 제품들, 산과 강물, 그리고 자신과 주변 사람들의 육신이 너무도 생생해서 현대인은 이 모든 것이 실체라고 철석같이 믿는다. 하지만 예로부터 모든 지혜의 가르침들은 현실 세계란 꿈의 세상이고 환영이라고 했다. 라마나 마하리쉬(Ramana Maharishi)는 "참자아를 망각한 사람은 순간순간 변하는 물질 세계가 환영임을 알지 못한다."라고 말했다. 참된 자신을 깨달음으로써 이 물질 세계가 한바탕의 허공꽃임을 알게 된다고 했다.

　이 시는 궁극의 깨달음까지 못 간 누구라도, 마음이 맑고 차분해져 세상의 본 모습과 살짝 눈맞춤을 했을 법한 순간으로 우리를 데려간다. 어느 저물녘에 풍경을 조용히 응시하노라니 현실의 환영 너머 실상의 아름다움이 드러난다. 산맥들이 잠자리에 들고 꽃들은 잠의 향기를 내뿜는다. 짙푸른 하늘에 은하수 강물이 흐르고 그 위로 옥색의 별빛들이 유등축제의 불빛처럼 떠 간다. 별똥별이 떨어지는 것은 밤하늘에 신성한 말씀을 새기는 작업이다. 그렇게 살아 꿈틀대며 일만의 생명이 원으로 순환한다. 그 광경 속에는 모든 것이 부드럽게 살아 있다.

　위대한 예술가들은 현실의 베일을 들어올리고 만물이 살아서 빛나는 순간을 자주 목격했을 것이다. 그랬기에 라이너 마리아 릴케의 시나, 고흐의 〈별이 빛나는 밤〉이나, 모차르트의 음악에서 가슴 떨리는 그 무엇을 만나는 것이리라. 평범한 우리들도 어느 노을 진 저녁에 환영이 베일을 걷어 올리는 순간을 목도할 수 있다. 마음이 고요해진다면.

만월

색(色)이 공(空)에 부딪힐 때,
지각(知覺)이 무지각(無知覺)으로 들어갈 때,
무슨 일이 생길 것인가?
벗이여, 이리 내 곁으로 와서
함께 지켜보자.
무대 위에서 연극을 하고 있는
삶과 죽음의 두 광대를 자넨 보고 있는가?
가을이 오고 있다.
잎들이 다 익었다.
잎들을 날려보내자.
노랑, 빨강, 색깔들의 잔치.
지난 봄과 여름 동안
나뭇가지들은 잎들을 붙잡고 있었지.
이제 오늘 아침
그것들을 떠나보내자.
깃발과 등불들은 준비되었다.
모두들 이곳
만월(滿月) 잔치에 와 있다.

벗이여, 자넨 무엇을 기다리고 있는가?
밝은 달이 우리 위에서 빛나고 있다.
오늘 밤엔 구름도 없다.
어째서 등과 불에 관한 물음으로 성가시게 구는가?
어째서 저녁 밥 짓는 것을 새삼스레 말하는가?
찾는 자는 누구고 발견하는 자는 누군가?
우리 함께 밤새도록, 달을 즐기자.

"색(色)이 공(空)에 부딪힐 때,

　지각(知覺)이 무지각(無知覺)으로 들어갈 때,"

　누구에게나 그런 삶의 순간이 도래한다. 봄과 여름을 수놓았던 꽃과 잎새들이 가을이 되면 시들어 떨어지듯이, 삶을 기쁘고 풍성하게 해주던 가족과 친구들, 일이나 업적, 지위들이 떠나가거나 없어지는 순간들이 있다. 이 시의 시선은 그런 안타까운 순간에도 자유롭고 드높다. 형상에서 공으로 스러져 가는 과정을 한바탕 광대놀이처럼, 보름달 아래 펼쳐지는 만월 잔치처럼 유쾌하고 흥겹게 바라본다. 세계가 본래 비어 있는 것임을 알고 유유히 노니는 이의 안목이다.

　명나라 때 감산(憨山) 스님도 바로 그런 안목을 보인다. 겨울날 고요한 바닷가에서 텅 빈 밤하늘, 흰 눈에 비친 달빛을 보는 동안, 몸과 마음, 그리고 세계 자체가 고요히 가라앉아 허공꽃의 그림자처럼 떨어져 나갔다고 노래했다. 만월 아래서건 겨울 밤바다에서건 휘황한 색의 세계를 보다가 일체가 사라지는 적멸, 공의 세계로 꿰뚫고 들어가는 선사들의 안목이 놀랍다.

　"바다는 고요하고 허공은 밝은데 흰 눈에 어리는 달빛,(海潭空燈雪月光)

　이 가운데 범부, 성인 모두 갈 길이 끊어졌네.(此中凡聖絶行藏)

　금강의 눈이 튀어나오자 허공의 꽃들은 지고,(金剛眼突空華落)

　산하대지는 다 적멸의 공간으로 돌아갔네.(大地都歸寂滅場)"

수레바퀴 멈추기

누가 삼사라(輪廻)를 거쳐 가는가?
우리가 만일 삼사라를 멈춘다면
누구의 삼사라가 멈추어지는 것인가?

고통과 슬픔이 삼사라를 통하여 계속되고 있다.
그래서 우리는 그 바퀴를 멎게 하려고 한다.

그러나 누가 고통과 슬픔을 일삼아 어깨에 메리오?
고통은, 저를 어깨에 메어줄 사람이 필요치 않다.
스스로 삼사라를 거쳐 진행될 따름이다.

삼사라가 멎으면 무슨 일이 일어날까?
다시 삼사라가 일어나겠지.
왜 그것을 멈추려고 수고하는가?
불행의 삼사라 바퀴가 멎을 때
행복의 삼사라 바퀴가 구르기 시작한다.

불행의 멎음이 행복의 시작이다. 그러나

행복 또한 여전히 삼사라다.
행복은, 우리 사는 동안
순간마다 그것이 있어야겠기에
삼사라를 통해 진행될 필요가 있다.

어린아이의 웃음이 없어지기를 어째서
바라야 한단 말인가?
왜 봄의 미풍(微風)을 금지시켜야 하는가?
삼사라를 끝장내는 것은
고통을 다른 모양으로 바꾸는 것이요
고통은, 그것으로 행복을 만드는 재료인 것을.

친구여, 너무 걱정 말아라.
고통조차도 세상에는 필요한 것이다.

페르시아의 왕이 신하들에게 마음이 슬플 때는 기쁘게, 기쁠 때는 슬프게 만드는 물건을 가져오라고 명령했다. 궁리 끝에 신하들은 "이것 또한 지나가리라"라는 글귀가 새겨진 반지를 바쳤다. 그 반지의 글귀처럼 슬픔도 고통도 지나가고, 행복 또한 지나가게 마련이다. 그것을 억지로 멈추려 하거나 붙잡으려 한들 세상은 내 뜻대로 움직여주지 않는다.

　삼사라(samsāra)는 죽어서 다시 환생한다는 윤회(輪廻)를 뜻하는 산스크리트어다. 윤회라는 말 안에 이미 수레바퀴가 들어 있다. 불행과 행복의 바퀴는 쉼 없이 구르며 우리를 울고 웃는 삶의 미망 속으로 몰아간다. 불행의 바퀴가 구를 때 그것을 멈추려고 안간힘을 쓴다. 행복의 바퀴가 구르기 시작하면 이번에는 반대로 그것을 붙잡으려고 애를 쓴다.

　그러나 이 시는 삼사라의 모든 면을 끌어안는 대범한 지평에서 울려 나온다. 슬픔과 고통을 피하려 애쓰는 이의 어깨를 가볍게 툭 치며 말을 건넨다. "친구여, 너무 걱정 말아라. 고통조차도 세상에는 필요한 것이다."라고. 가슴을 열고 인생을 통째로 끌어안게 만드는 시원한 바람소리 같다.

여행

여기 기록된 언어들이 있다 –
모래 위 발자국들.
구름 모양들.

내일
나는 가고 없겠지.

"내일

　나는 가고 없겠지."

　인생을 여행으로 바라보는 이 시의 시선은 가벼우리 만큼 단출하고 투명하리 만큼 명징하다. 모래 위 발자국들이 스르륵 지워지고 구름이 매 순간 모양을 바꾸듯이, 영원히 지속되는 것은 없으며 나 또한 여행을 가듯 내일 이 세상을 떠날 것이다. 이처럼 담담하고 자연스럽게 인생을 받아들일 수 있다면 뭔가를 붙잡으려고 집착이나 번뇌에 잠을 설칠 까닭이 없다.

　예나 지금이나 선승들은 인생의 오고감에 연연하지 않는다. 고려 때 나옹 혜근(懶翁 惠勤) 스님이 쓴 임종게*에서는 그 오고감의 의미조차 귀향의 짐 보따리에 가볍게 싸 넣는다. 이곳이든 가는 곳이든 온 우주가 본래 고향이라고 하니 떠나는 자의 아쉬움을 떨굴 자리도 없이 가뿐하다.

　"칠십팔 년 고향으로 돌아가나니(七十八年歸故鄉)

　이 산하대지 온 우주가 다 고향이네(天地山河盡十方)

　삼라만상 모든 것은 내가 만들었으니(刹刹塵塵皆我造)

　이 모든 것은 본시 내 고향이네.(頭頭物物本眞鄉)"

* 임종게(臨終偈) : 고승들이 입적할 때 수행을 통해 얻은 깨달음을 후인들에게 전하는 마지막 말이나 글

하나됨

내가 죽는 순간
될 수 있는 대로 빨리
너에게로 돌아오겠다.
약속하마.
오래 걸리지 않을 것이다.
내가 죽는 순간마다
이미 너와 함께 있거늘.
그렇지 않으냐?
나는 순간순간
너에게로 돌아간다.
그냥 보아라.
내 현존을 느껴라.
울고 싶거든
울어라. 울면서
내가 너와 함께
울고 있음을 알아라.
네가 흘린 눈물이
우리 둘을 치료해주리라.

네 눈물이 내 눈물이다.
오늘 아침 내가 밟은 대지는
역사를 초월한다.
봄과 겨울이 한순간에 같이 있다.
새로 돋은 잎과 낙엽이 실로 한 몸이다.
내 발은 불사(不死)를 딛고
그리고, 내 발이 네 발이다.
지금 나와 함께 걷자.
하나됨의 차원에 들어가서
겨울에 피는 벚꽃을 보자.
어째서 우리가 죽음을 말해야 하느냐?
네게로 돌아가기 위하여
죽어야 할 필요가 내겐 없다.

얼마 전에 인디언들에게 구전되던 시에 곡을 붙인 〈천 개의 바람이 되어〉가 추모가로 관심을 끌었다. 그 곡에서 죽은 자는 어디로 가지 않았다고, 천의 바람 천의 숨결로 햇빛 속에 별빛 속에 움직이며 하나됨 안에 늘 있다고 노래한다. 이 시 역시 하나됨 안에서 죽음을 비춘다. 하나됨, '숨겨진 전체성' 속에는 봄과 겨울이 같이 있고, 서로의 눈물도 서로의 발도 구분되지 않는다. 내가 이미 네게 현존하고 있고 만물이 연결되어 있으니 어느 것도 죽지 않는 불사를 이룬다.

　만물과의 하나됨을 통찰한 다른 시가 있다. 헤르만 헤세(Hermann Hesse)는 아래 시에서 만물과 깊이 하나됨으로써 만물과 더불어 죽고 시시각각 부활하리라고 노래한다. 틱낫한이 노래한 불사와 헤세가 보는 부활은 좀 다를 수 있겠지만, 하나됨의 지평은 둘 다를 감싸 안는다.

"그러므로 너는 온갖 것에
　형도 되고 누이도 되어야 한다.
　온갖 것이 네 몸을 뚫고 들어갈 수 있도록
　네가 내 것 네 것을 구분하지 않도록.

　별 하나 잎 하나도 떨어뜨려서는 안 된다.
　너는 그것들과 함께 사라져야만 한다.
　그러할 때 너는 온갖 것과
　시시각각으로 부활하게 되리라."
　　　　　- 헤르만 헤세, 〈별 하나 잎 하나〉

파드마파니(紅蓮華)

하늘에 핀 꽃들.
땅에 핀 꽃들.
부처님 눈썹에 피어나는 연꽃들.
인간의 가슴에 피어나는 연꽃들.
연꽃 한 송이 손에 들고서
예술의 우주를 열어 가는 보살.

하늘 초원에는
별들이 돋아나고
미소 짓는 달님은 벌써 높이 솟았다.
늦은 밤 하늘 저 편을
어루만지는 코코넛 푸른 나뭇가지들.

지극한 허공을 여행하는
내 마음.
집으로 돌아가는 여여(如如)를
붙잡다.

"지극한 허공을 여행하는

내 마음.

집으로 돌아가는 여여(如如)를

붙잡다."

알 수 없는 광막함과 그리움이 마음을 붙잡는 구절이다. 무작정 이 시인을 따라나서 그가 수놓듯 떼어 가는 여행의 발걸음 하나하나를 따라가고 싶어진다. 텅 빈 허공을 걷듯 자취 없이 지나가면서 매 순간 여여(如如)를 놓지 않으면 좋겠다. 여여(如如)는 있는 그대로의 모습, 실재를 뜻한다. 영어로 'Suchness'이며, 불교에서 궁극의 진리를 가리키는 진여(眞如), 여래(如來), 불성(佛性)과 같은 뜻으로 쓰인다.

앞의 구절에는 두 가지 역설이 맞물려 있다. 한 가지 역설은 여행과 귀향이다. 이번 생은 지금의 모습으로 사는 인생의 여행이지만, 그 여정은 결국 존재의 집으로 돌아가는 귀향의 길로 향한다. 그러니 여행은 곧 귀향이다. 또 하나는 내 마음과 여여의 역설이다. 내 마음은 나를 아무개로만 한정해서 알고 좋고 싫음에 매달린다. 그러나 본디 내 마음의 뿌리는 무한한 여여이다. 돌이키기만 하면 내 마음이 곧 여여인 것이다.

이 시는 틱낫한 스님이 1976년 인도의 아잔타 석굴을 방문하고 썼다고 한다. 붉은 홍련화를 든 보살 그림을 보고서 아름다움에 물든 마음으로 밖으로 나온 듯하다. 길을 나선 이의 시선은 늦은 밤 하늘의 풍경을 바라보다가 다시 마음 안으로 나아간다. 그 모든 아름다움이 깃든 여여 안으로 녹아든다.

삶과 죽음

여러 생을 통하여
삶과 죽음이 있어서
나고 죽고 나고 죽는다.
살고 죽는다는 생각이
일어나는 순간
삶과 죽음이 거기에 있다.
살고 죽는다는 생각이
죽는 순간
참된 삶이 태어난다.

이 시는 놀랍게도 생(生)과 사(死)라는 두 개의 한자로 이루어진 시다. 틱낫한이 1974년 스리랑카에서 열린 WCC(세계교회협의회)에 참여했을 때 썼다고 한다.

生生生死生　생생생사생
死生生死生　사생생사생
死生生生死　사생생생사
死生死生生　사생사생생

틱낫한은 한국에서 열린 한 수련회를 지도하던 중에 칠판에 긴 선을 그리고 두 개의 점을 찍었다. 앞의 점은 탄생, 뒤의 점은 죽음의 시점을 의미했다. 그 두 점 사이 동안을 사람들은 '존재'한다고 여기고, 탄생 이전이나 죽음 이후는 없는 것처럼, '비존재'로 생각한다고 그는 말했다. 하지만 두 점이 지나가는 긴 선의 이름은 '생명'이며, 생명은 영속적인 것이다. 바다 표면에 파도가 일어났다 스러지듯, 탄생과 죽음은 나타남과 사라짐의 경계를 보여주는 것이지 생명의 시작과 끝을 의미하지 않는다고 그는 말했다.

끝없이 순환하는 생명의 장에서 만물은 그 모습이 바뀔 뿐, 삶이다 죽음이다 할 것이 없다. 존재와 비존재를 구분짓는 생각이 문제이다. 그러므로 "살고 죽는다는 생각이/ 죽는 순간/ 참된 삶이 태어난다."

늙은 탁발승

바위가 되고, 가스가 되고, 안개가 되고,
마음이 되고, 빛의 속도로
은하계를 여행하는 중간자(中間子)되어
그대 여기 왔구나, 사랑하는 이여.
그대 푸른 눈동자는 너무도 아름답게
너무도 깊게 빛나고 있다.
무시(無始)에서 무종(無終)으로 난
그대의 길을 달려왔다.
여기 그대 길에서
수백만 생과 사를 거쳤다고
그대는 말한다.
헤아릴 수 없는 세월을 그대는 바깥 공간에서
불비(火雨)로 몸을 바꾸었다.
그대 몸을 잣대 삼아
산맥과 강들의 나이를 재었다.
그대 자신을 나무로,
풀로, 나비로, 단세포 생물로
그리고 국화로 나투었다.

그러나 오늘 아침 나를 보는 그대 눈은
그대가 한 번도 죽지 않았음을 일러주는구나.
아무도 그 시작을 알 수 없는 놀이,
숨바꼭질 놀이로 들어가게 하는구나.

오, 푸른 쐐기벌레여, 혼자서
지난 여름 자라난 장미나무 가지의
길이를 온몸으로 재고 있는 그대여.
모두들 그대가 이번 봄에 태어났다고
그렇게 말한다, 내 사랑하는 이여.
말해다오, 여기까지 오는 데
얼마나 오래 걸렸는지.
그토록 조용하고 그토록 깊은 웃음으로
그대 자신을 내게 보여주기 위해서
이 순간까지 기다린 까닭이 무엇인지.
오, 쐐기벌레여, 내가 숨을 내쉴 때마다
해들이, 달들이, 별들이 쏟아져 나간다.
그대 가냘픈 몸 안에

무한대(無限大)가 있음을 누가 알리오?
그대 몸의 가시 털끝마다
수천 수만 불국토(佛國土)가 세워져 있다.
몸을 한 번 굽혔다 펼 때마다, 그대는
무시에서 무종으로 시간을 잰다.
그 늙은 탁발승은 여전히 수리봉 위에 앉아
찬란하게 지는 해를 바라보고 있다.
고타마여, 참으로 이상한 일이다!
우담바라 꽃이 삼천 년에 한 번씩만
피어난다고, 누가 말했던가?

밀물 소리 – 그대 만일 경청하는 귀를 가졌다면
그 소리를 듣지 않을 수 없으리.

작은 쐐기벌레 한 마리가 몸을 구부려 장미나무 가지를 오르고 있다. 그 벌레의 푸르게 반짝이는 작은 눈을 사랑스러운 마음으로 들여다보며 시인은 벌레와의 인연을 헤아린다. 저 작은 벌레가 내게 오기까지 얼마나 걸렸을까. 아무리 생각해도 무시(無始)에서 무종(無終)까지의 모든 시간이다. 저 벌레 안에 무엇이 있을까. 다시 가늠해보아도 수천 수만의 불국토, 그 모든 우주가 그에게 있다.

　사람의 인연도 그와 같다. 정현종의 시 〈방문객〉에서 노래하듯 "사람이 온다는 건/ 실은 어마어마한 일이다." 어떤 사람과의 인연은 그의 과거, 현재, 미래의 모든 시간을 맞이하는 것이자, 그와 관련된 모든 세계와 맞닥뜨리는 일이다.

　틱낫한은 〈늙은 탁발승〉이 '서로 안에 있음(interbeing)'을 깨우치는 노래라면서, 이렇게 직접 풀이했다. "내 사랑하는 이여, 그대는 광물질, 가스, 안개 그리고 의식(意識)에서 왔다. 그대는 빛의 속도로 수많은 은하계를 통과했다. 그대의 길을 밟기 위하여 무시(無始)와 무종(無終)이 함께 왔다. 이제 그대는 쐐기벌레다. 나는 그대를 들여다보고 그것을 안다. 그대는 비록 작게 보이지만, 바깥 공간에서 그대는 불비를 창조했다. 그대는 가냘픈 몸으로 강과 산맥들의 나이를 헤아린다."

　쐐기벌레 한 마리에서 드러나듯 우주의 실상은 모든 것이 이어져 있고 하나이다. 그 자리를 바로 짚으면 고타마 부처님의 설법이 사라진 적 없이 생생하게 들린다. 거기에 우담바라 꽃이 찬연히 피어 있다.

따뜻함을 위하여

나는 두 손으로 얼굴을 감싸고 있다.
아니다. 울고 있는 게 아니다.
나의 외로움을 따뜻하게 해주려고,
지켜주는 두 손으로
길러주는 두 손으로
내 넋이 분노 속에서
나를 떠나지 못하게 막으려고,
두 손으로 얼굴을 감싸고 있는 것이다.

이 얼마나 눈물겨운 위로이랴. 때로 고통이 극에 달한 순간, 가슴이
무너지고 넋이 떠나버릴 것 같은 분노의 순간을 경험한다. 무엇도 나
를 달래줄 수 없을 듯한 그 순간에도 두 손이 있으면 나를 감쌀 수 있
다. 두 손만 있으면 자신의 외로움을 따뜻하게 다독일 수 있다. 마지막
까지 절망해버린 사람, 세상에는 희망을 걸 만한 그 무엇도 남아 있지
않다고 고개를 떨구는 사람에게, 이 시는 가만히 위로의 빛을 비추어
준다. 자신의 힘으로 넋을 지킬 수 있다고, 두 손만 있어도 자신을 일
으켜 세울 수 있다고.

　틱낫한은 전쟁의 참화 속에서 극도의 분노를 겪으며 이 시를 썼다.
베트남 전쟁 당시 미군이 벤쩨라는 마을에 폭격을 가하고 난 후 미 국
방부에서는 "우리는 그 마을을 구하기 위해 파멸시켜야 했다."는 말도
안 되는 성명을 발표했다. 시인은 그 말을 듣고 이루 말할 수 없는 아
픔과 고통, 분노를 느꼈을 테지만, 자신의 영혼이 찢기지 않고 자비로
움과 평화를 잃지 않기 위해 안간힘을 쓰며 이 시를 쓴 것이리라.

　내가 허용하지 않는 한 누구도 나에게 상처 줄 수 없다. 설령 상처
를 입었다 하더라도 그 상처를 돌보고 거기로부터 돌아서는 것은 나
자신의 몫이다. 위로도 용기도 자신에게서 흘러나온다. 두 손을 모으
면 나를 감쌀 수 있다. 두 손을 포개면 나와 더불어 기도할 수도 있다.

모두를 원한다고 말하리라

그대 만일 얼마나 원하느냐고 묻는다면
모두를 원한다고 말하리라.
이 아침, 그대와 나
그리고 모든 사람이
하나됨의 놀라운 흐름으로
흘러들고 있다.

우리는 상상(想像)의 작은 조각들,
자기를 찾고자 어둠 속에서
해탈의 미망(迷妄)을 찾아 오랫동안 걸어왔다.

오늘 아침, 내 형제가 먼 여행에서 돌아왔다.
눈물 그렁한 눈으로
제단 앞에 무릎 꿇는다.
그 영혼이 닻 내릴 기슭을 찾고 있다.
(나도 한때 품은 열망이었지.)
거기 무릎 꿇고 울게 하여라.
터지는 가슴으로 울게 하여라.

모든 눈물을 말리기에 충분할 만큼
수천 년 세월 거기 머물게 하여라.

어느 밤, 내가 돌아와
언덕 위 작은 오두막, 그의 피난처에 불을 놓으리.
불은 모든 것을 태워버리고
파선 뒤에 남은 그의 유일한 뗏목마저 없애버리리.

그 영혼의 격한 번민 속에서
껍질이 부서지리라.
타오르는 오두막 불빛이
영광스런 그의 해탈을 증언하리라.
나는 불타는 집 곁에서
그를 기다리겠다.
눈물이 내 뺨을 타고 내리겠지.
나는 거기 앉아
바라보겠다.
새 존재가 된 그를.

내가 그의 손을 잡고서
얼마나 원하느냐고 물으면
그가 웃으면서
모두를 원한다고 대답하겠지, 내가 그랬듯이.

도반(道伴). 이 세상에서 얻을 수 있는 가장 향기로운 벗. 까마득한 진리의 비탈길을 함께 오르는 벗이 어떤 사람인지를 이 시는 가슴 아프게 그려낸다. 한 벗이 상처받고 지친 여행에서 돌아와 터지는 가슴으로 울고 있다. 제단 앞에 무릎을 꿇고 이제는 그만 영혼의 닻을 내리고 안식할 곳을 찾고자 한다. 진리의 길이 너무 험난하여 자기도 모르게 피난처에 안주하고 싶어진다.

    하지만 도반은 마음먹는다. 어느 밤 "언덕 위 작은 오두막, 그의 피난처에 불을 놓으리./ 불은 모든 것을 태워버리고/ 파선 뒤에 남은 그의 유일한 뗏목마저 없애버리리."라고. 마지막 안식처인 오두막이 불타며 격한 번민에 휩싸일 때, 그때 마침내 그 영혼의 껍질이 부서지며 벗은 해탈을 이룰 것이다. 거기서 함께 울며 벗의 손을 잡아주는 것이 도반이다. 그리고 말할 것이다. 약간의 진리가 아니라 모두를 원했다고, 궁극을 원했다고 말이다.

    마지막 한 걸음까지 같이 갈 이런 눈 푸른 벗이 그립다. 융의 제자인 뒤르크하임(K. Graf Dürckheim)도 그런 벗이 필요하다고 말한다.

    "진정한 진리의 길로 들어서 세상의 혹독한 고난 속에 뛰어든 사람은 결코 자신에게 위안과 안식처를 주고 자신의 과거 자아가 생존하도록 돕는 편안한 친구에 의지하려 하지 않는다. 오히려 그는 자신을 위험에 맞서도록 가차없이 밀어대는 누군가를 찾으려 한다. 그래야 그 사람은 괴로움을 견뎌내고 담대히 돌파해 나갈 수 있다."

참된 유산

우주는 진귀한 보석으로 가득 차 있다.
이 아침 한 줌 보석을
너에게 주고 싶구나.
네가 살아 있는 순간들마다
하늘과 땅, 물과 구름 머금고
그 틈에서 반짝이는 보석들이다.

기적이 이루어지려면
부드럽게 쉬는 네 숨결이 필요하다.
그때 문득 너는
노래하는 새들과 찬미하는 소나무들,
피어나는 꽃망울
파란 하늘
흰 구름, 사랑하는 이의
그윽한 눈길과 미소를 듣고 보리라.

지상에서 가장 부유한 자면서
살기 위해 이리 저리 구걸해 온 너,

거지 아들 노릇 이제 그만두고
돌아와 유산을 물려받아라.

우리 마땅히 자신의 행복을 즐기고
그것을 모두에게 나눠주어야 한다.
지금 바로 이 순간을 소중히 여겨라.
근심의 물줄기는 놓아버리고
네 가슴 가득 삶을 껴안아라.

언제부터 땅에서 캐낸 번쩍이는 돌과 금속을 보석으로 여기게 되었을까? 생기에 찬 목소리로 아침을 여는 새소리도 소중한 보물이고, 햇빛에 반짝이는 물빛도 영롱한 보물이다. 진흙 속에서 은은한 향기를 머금고 피어오른 연꽃에는 어느 보석 못지않은 천상의 아름다움이 있다. 그렇게 하늘과 땅 사이에, 우주 구석구석에 진귀한 보물들이 가득 차 있다.

　그 모든 아름다움에 눈길 주지 않고 출세, 지위, 부와 명예를 향해 달음박질치는 것은 자신의 본래 신분, 참모습을 잊고 있는 에고의 마음이다. 자신을 작고 초라한 개인으로 한정시켜서 보기에 에고의 마음은 인색하고 궁핍하다. 거지 아들 노릇을 하며 돈과 명예를 차지하려 안달하고, 사랑과 인정도 구걸하고, 보석이나 비싼 물건들을 갖지 못했다고 한탄한다.

　하지만 그의 본래 신분은 "지상에서 가장 부유한 자"이다. 이제 그만 가슴을 펴고 참된 유산을 물려받아도 좋다. 지금 이 순간 근심의 물줄기를 놓아버리고, 자신 안에서 퍼져 나오는 행복을 모두에게 나눠주면 되는 것이다. 지금 그의 부드러운 숨결만으로 우주 가득한 보물들이 그 찬란함을 드러내는 기적이 일어난다. "기적이 이루어지려면/ 부드럽게 쉬는 네 숨결이 필요하다"고, 이 시는 우리의 참모습을 일깨운다.

산책 명상

내 손을 잡아라.
함께 걷자.
우리는 다만 걸을 것이다.
닿을 곳에 대한 생각 없이
다만 걷기를 즐길 것이다.
평화롭게 걸어라.
행복하게 걸어라.
우리 산책은 평화로운 산책이다.
우리 산책은 행복한 산책이다.

그때 우리는 배운다.
평화로운 산책은 없고
평화 곧 산책임을.
행복한 산책은 없고
행복 곧 산책임을.
우리는 자기 자신을 위해서 걷는다.
언제나 손에 손 잡고
모든 사람을 위해서 걷는다.

걸으면서 순간마다 평화를 만져라.
걸으면서 순간마다 행복을 만져라.
발짝마다 신선한 미풍을 가져온다.
발짝마다 한 송이 꽃을 피운다.
네 발로 땅에 입 맞추어라.
네 사랑과 행복을 땅에 새겨놓아라.

우리가 우리 안에서 충분히 안전할 때
땅은 안전할 것이다.

많은 사람들이 걷는다. 걷기 열풍이라는 말이 생길 정도다. 곳곳에 걷기 좋은 길이 생겨, 제주도 올레길, 지리산 둘레길, 산티아고 순례길, 산길, 골목길, 온갖 길을 걷는다. 목적지를 가기 위해서가 아니라 걷기 그 자체가 목적이라는 점이 흥미로운 변화이다.

　칸트 같은 철학자들에게 느리게 걷는 산책은 사유의 행위였다. 걷는 동안 복잡하고 추상적인 개념과 사상의 가닥들이 잡히고, 깊은 차원에서 사물의 본질을 꿰뚫는 통찰이 생겼을 것이다. 아픈 사람들에게 청정한 숲길 걷기는 치유의 여정이다. 숨을 고르며 한 발 한 발 땅을 내딛는 동안, 온몸이 순환되고 면역체계가 재조율되어 생기가 되살아난다.

　이 시는 좀 다른 차원에서 걷자고 손을 내민다. "우리 산책은 평화로운 산책이다. / 우리 산책은 행복한 산책이다." 이는 걷기로 평화가 되고 행복이 되자는 초대이다. 목적지에 대한 생각이나 내가 걷는다는 마음이 없이 걸으면, 걷는 행위도 걷는 자도 사라진다. 그저 매 순간 발걸음이 있을 뿐이고 그것의 다른 이름은 평화와 행복이다.

　틱낫한은 《걷기 명상》에서 이렇게 말했다. "걷기 호흡을 계속하면서 하늘에게 미소를 보내면 행복은 당신의 존재 전체에 스며들기 시작합니다. 그러면서 당신에게 양분을 제공해주고 당신 안에 있는 기쁨, 사랑, 그리고 자유의 씨앗을 깨워줍니다." 즉, 잡념 없이 호흡에 집중해서 걷는 발걸음은 내면을 깨운다. 내면에서 깨어난 기쁨과 사랑이 땅과 만날 때 걷기는 한 송이 꽃이 되고 땅을 향한 입맞춤이 된다. 아름답고 신비롭다. 그 놀라운 일이 걷기에서 이루어진다.

호흡

숨을 들이쉬면서
자신을 한 송이 꽃으로 본다.
나는 한 방울 이슬의
신선함이다.
숨을 내쉬면서
내 눈은 꽃으로 된다.
부디 나를 봐다오.
내가 지금 사랑의 눈으로
너를 보고 있다.

숨을 들이쉬면서
나는 산이다.
흔들리지 않고
고요하고
살아 있고
옹골찬, 산이다.
숨을 내쉬면서

든든함을 느낀다.
감정의 파도 따위
결코 나를 데려갈 수 없다.

숨을 들이쉬면서
나는 고요한 호수,
충실하게 하늘을
비쳐주는.
보아라, 내 가슴에
떠 있는 둥근 달,
보살의 환한 보름달.
숨을 내쉬면서
내 마음 거울로
세상을 옹글게 비쳐준다.

숨을 들이쉬면서
경계 없는
공간이 된다.

아무 계획도 남아 있지 않다.
보따리도 없다.
숨을 내쉬면서
나는 달이다,
텅 빈 하늘을 항해하는.
나는 자유다.

죽음을 주제로 학술모임을 개최했던 분에게 어떤 죽음을 다루었냐고 질문한 적이 있다. 그는 이렇게 말했다. "죽음에는 세 가지가 있지요. 흔히들 생각하는 이 육신의 죽음, 그리고 깨달음을 통해 에고가 죽는 열반이라는 죽음, 그리고 매 호흡마다 죽고 나는 찰나의 죽음이지요." 그 말에 놓치고 있었던 진실 하나를 새롭게 붙잡았다.

서산대사가 말했다. "날숨이란 내쉬는 숨의 불기운이요, 들숨이란 들이마시는 숨의 바람기운이니, 사람 목숨 붙어 사는 것이 오직 들숨과 날숨 사이에 있을 뿐이다." 그와 같이 숨 한 번 들이쉬니 삶이고 숨한 번 내쉬면 죽음이다. 찰나 찰나에 삶과 죽음이 번갈아들기에 형상을 입은 자에게 호흡은 그토록 중요한 일이다.

이 시는 호흡을 자각하는 '마음챙김(mindfulness)' 명상의 정수를 노래한다. 매 순간 호흡을 알아차리고 호흡 안으로 들어가라고 한다. 그리하여 들끓던 감정의 파도를 넘어서고, 세상을 있는 그대로 투명하게 보고, 사랑의 눈을 회복하고, 궁극에 이르러 텅 빈 공간, 자유가 되고마는 널찍한 풍경을 펼쳐 보인다.

플럼빌리지에서는 이 시로 아이들에게 '조약돌 명상'을 가르친다고한다. 또 누구나 따라부를 수 있는 쉽고 아름다운 노래로 다듬어, 틱낫한과 그 법사단이 가는 곳마다 음성의 향기로 이렇게 노래한다.

"들이쉬고 내쉬고 들이쉬고 내쉬고
나는 꽃으로 피어나네. 나는 이슬처럼 신선하네.
나는 산처럼 단단하고 나는 땅처럼 견고하네. 나는 자유롭네."

틱낫한의 삶

베트남 출신으로 프랑스에서 망명 생활을 하며 깨어있기 명상을 서양에 전파한 세계적 선승 틱낫한(釋一行, Thich Nhat Hanh). 그는 달라이 라마와 더불어 살아 있는 부처로 존경받는 탁월한 불교계 지도자이다. 또한 그는 100권이 넘는 방대한 저서를 출간한 작가이자 시인이며, 온 세계를 돌며 강연하고 가르치는 교사이자 평화운동가이고 환경운동가이다.

틱낫한은 작고 가냘픈 체구에서 전 지구의 정신세계를 밝힐 만한 깨어있는 마음의 빛을 발산한다. 가까이서 접한 사람들은 그를 "어린 왕자와 시인과 관세음보살을 합쳐놓은 것 같은 스님", "구름과 달팽이와 불도저를 합쳐놓은 것 같은 스님"이라는 역설로 표현한다.

1926년 베트남 중부의 작은 마을에서 태어난 틱낫한은 아홉 살 때 평화로워 보이는 불상을 보고 깊은 인상을 받았다. 이러한 인연의 씨앗으로 그는 16세에 사미계를 받고 베트남 임제종의 승려가 되었다. 그는 한자어로 된 게송을 외우고 좌선을 하며 엄격한 선수련을 수행했다. 점차 불교개혁운동에 관심을 갖게 되었고 서양식 교육을 받은 젊은이들이 불교를 접할 수 있도록 청년 조직을 만들고 강의를 하는 등 개혁적인 활동에 열의를 보였다.

1954년 평화협정으로 북베트남과 남베트남이 분단되고 베트남의 정치적 상황이 악화되어 가면서 틱낫한의 개혁적인 불교 활동도 그가 속한 교단 지도층의 반발을 불러왔다. 그러자 1957년 가을 그는 친구들과 사이공 근교의 산으로 들어가 수행에 전념할 수 있는 은둔처로 '푸옹 보이(향기로운 야자나무 잎들)'라는 실험공동체를 세웠다. 거기서 명상 수련을 하며 새로운 불교를 향한 사색과 집필을 했다.

1961년 그의 활동에 대한 탄압이 점점 거세지는 상황에서 그는 미국 프린스턴대학에서 비교종교학 연구원으로 오라는 제안을 받고 미국으로 건너갔다. 거기서 1963년 가을까지 학문적인 경험을 쌓고, 그해 가을 컬럼비아대학에서 교수 자리를 얻어 뉴욕에 머물렀다.

그때가 틱낫한에게는 전쟁의 피바람이 불어올 것을 꿈을 통해 예감하는 실존적 고뇌의 시기이자, 그동안의 수행이 작은 계기를 통해 돈오의 꽃으로 피어나는 영적 전환의 시기였다. 그는 죽음과 파괴의 장면, 그로 인한 고통을 생생하게 느끼는 꿈을 두 번 꾸면서 조국에 파멸의 폭풍이 불어닥칠 것을 예감했다.

그런가 하면 한번은 도서관에서 70년 동안 두 번밖에 대출되지 않았던 책을 손에 드는 순간 자신이 개체라는 느낌이 사라지고 자신이 "이상, 희망, 관점, 헌신들로 충만한 공임을" 아는 놀라운 체험을 하기도 했다. 또 본회퍼(Dietrich Bonhoeffer)가 마지막 날들에 쓴 글을 읽던 어느 날 밤, 갑작스레 가슴이 사랑으로 충만해지면서 삶이 온통 기적임을 깨달았다. 틱낫한은 그 순간의 충격을 아름다운 시로 표현하였다.

"본회퍼는 내 잔을 흘러넘치게 한 물 한 방울,
긴 사슬의 마지막 고리,
농익은 열매를 떨어뜨린 산들바람이었다."

1963년 베트남에서 쿠데타가 일어나 응오딘지엠 정권이 무너지자 그는 12월 베트남으로 돌아갔다. 개혁적인 참여불교를 위한 제안을 하고, 후에 반한대학교가 되는 고등불교연구원을 설립했다. 사회 개혁 모델이 되는 실험마을을 만들어 청년들이 학교와 의료기관들을 세우고 농민들에게 현대적 농업 기술과 위생 개선 등을 가르쳐 자립을 돕도록 했다. 이것이 바탕이 되어 1965년 사회봉사청년학교를 설립했다.

점점 나빠지는 전쟁 상황 속에서 틱낫한은 베트남의 참상을 알리고 전쟁 반대를 호소하기 위해 미국 화해연맹이 주관한 순회강연을 하려고 1966년 5월 2일 미국 방문길에 올랐다. 그러나 이것이 길고 긴 망명 여정의 시작이 될 줄은 몰랐다. 그는 각종 종교단체 사람들, 신문기자, 상원의원, 국방장관과 만나 평화를 호소했다. 겟세마니 수도원을 방문하여 토머스 머튼과 짧지만 강렬한 만남을 갖기도 했다.

그러면서 베트남에서 벌어지는 전쟁의 참상을 알리는 책과 그 아픔을 담은 시들을 영어로 쓰기 시작했다. 특히 자신이 형제처럼 아끼는 사회봉사청년학교의 젊은이들이 조국 베트남에서 극심한 탄압으로 지쳐 갈 때, 어떤 상황에서도 깨어있기(mindfulness) 수련을 해야 하는 이유와 그 실천 방법을 알려주고자 쓴 편지글을 모아 《틱낫한 명상(The Miracle of Mindfulness)》으로 출간했다.

베트남에 돌아가기 어려워진 그는 1968년부터 파리에 본부를 둔 불자평화대표단 단장 일을 맡았다. 베트남 상황을 세계에 알리고 전쟁 고아들을 후원자와 연결시키기 위한 활동을 벌였다. 그 사이 그의 학생이자 도반이었던 사회봉사청년학교 교장 틱탄반을 잃었다. 그후 미군 철수로 베트남 전쟁이 끝나긴 했으나 공산 정권이 여전히 그의 입국을 반대하는 바람에 망명자 신세로 프랑스에 남게 되었다.

틱낫한과 오랜 세월 고락을 같이 한 찬콩 스님은 그 시기에 "전쟁은 끝났고 우리는 속수무책으로 베트남과 단절되었다."라고 말했다. 1975년 틱낫한은 깊은 좌절감 속에 파리 근교에 마련한 농가를 은수처 삼아 공동체 식구 11명과 이주했다. '고구마들(Sweet Potatoes Community)'이라고 이름 붙인 작은 공동체에서 그는 공동체 식구들과 명상하고 정원을 가꾸고 집필을 하며 소박한 영적 생활을 일구어 갔다. 1982년까지 외부 세계와는 주로 글로 만나면서 공동체 식구들과 함께 노래 부르고 걷기 명상을 하며 지냈다.

그는 이미 1966년에 뜻을 같이하는 소수의 제자들을 받아들여 상즉종(相卽宗 일명 接現宗, the Order of Interbeing)이라는 새로운 종단을 창설한 바 있다. 독자적인 개체로서의 개아(個我)는 없으며, 만물이 서로 안에 있음(interbeing)을 실상으로 보는 상즉종 종단의 수행 및 생활 방식은 이 '고구마들' 공동체 안에서 단련되고 자리를 잡은 셈이다.

점차 '고구마들' 공동체에 찾아오는 사람들이 많아졌다. 그러자 틱낫한은 1982년에 베트남과 기후가 비슷한 남프랑스 보르도 인근에 20에이커의 땅과 건물을 사서 오늘날의 플럼빌리지(Plum Village)를 세웠다. 플럼빌리지는 매년 세계 여러 곳에서 수천 명의 방문객을 맞으며 계속 확장되었다. 그곳에서 틱낫한은 깨어있기 수련회를 지속적으로 열어 참가자들에게 법문을 하고 그들과 함께 걷기 명상을 하고 있다. 오늘날에는 프랑스만이 아니라 미국 등지에도 틱낫한을 따르는 수행 공동체가 여러 군데 있다.

틱낫한은 2013년 87세의 고령에도 한국과 아시아를 방문하여 직접 수련회를 지도하며 법문을 하고 걷기 명상을 이끌었다. 지금도 그는 깨어있기와 서로 안에 있음을 일상에서 실천하도록 사람들을 일깨우고자 그의 제자들과 함께 지구 위를 명상하며 걷고 있다.

그의 저서는 세계 각국어로 번역되어 있으며 우리나라에서만 70여 권의 책이 출판되었다. 대표적인 저서로는 《화》, 《틱낫한 명상》, 《살아 있는 지금 이 순간이 기적》, 《평화로움》, 《미소 짓는 발걸음》,《힘》,《기도》 등이 있다.

틱낫한은 종이 한 장을 들고 이렇게 말한다. "그대가 만일 시인이라면 그대는 이 종이 안에 구름이 떠 있는 걸 분명하게 볼 수 있다." 구름이 없다면 물이 없고, 물이 없으면 나무들이 자랄 수 없으며, 나무들이 없다면 종이를 만들 수 없는 까닭이다. 이것이 그의 시 세계를 압축적으로 드러내주는 '서로 안에 있음(interbeing)'의 사상이다.

1964년 불교 주간지에 전쟁의 참상과 고통을 호소하는 그의 시가 소개되면서 틱낫한은 반전 시인으로 먼저 알려졌다. 그는 베트남의 가난한 농민들을 위해 자유시 형태로 쉽게 시를 썼다. 그 덕분에 망명 생활에도 불구하고 베트남 전쟁 동안 그의 시는 고국에서 아주 인기 있는 노래로 불리었다고 한다. 벤쩨라는 지역에 폭격을 가한 미 국방부가 "우리는 그 마을을 구하기 위해 파멸시켜야 했다."라는 성명을 발표한 후 썼다는 시, 〈따뜻함을 위하여〉는 미국에서 벳시 로즈가 곡을 붙여 노래로 만들기도 했다.

그의 반전시는 곧 평화를 노래한 시였다. 그는 망명지에서 베트남의 파괴 소식을 듣고 애태우면서도 마음의 중심을 잃지 않고 평화를 향한 시를 썼다. 자신과 뜻을 같이 했던 '사회봉사청년학교' 젊은이들이 난폭하게 죽임을 당했다는 소식, 그가 만든 종단 상즉종의 핵심 멤버 6명 중 한 사람이 평화와 화해를 위해 분신했다는 소식 등에 가슴 아파하면서도, 증오심을 넘어서 인류가 형제 자매임을 잊지 않도록 노래했다.

사랑하는 청년들을 잃은 비통함 속에 쓴 〈권고〉라는 시에서 그는 "저들이 너를 쳐 쓰러뜨려도/…… 아우야, 기억하거라/ 기억하거라/ 사람은 우리의 적이 아니다"라고 다짐한다. 나에게 폭력을 가하는 상대방을 적으로 대하지 않는 마음은 좀처럼 쉽게 수련할 수 없다. 그래도 그는 줄곧 비폭력과 자비의 가르침을 따랐으며, "폭력에 의해 죽임을 당하게 될 경우 우리를 죽인 자들을 용서하기 위하여 자비를 명상해야 한다. 자비심을 품고 죽어 간다면, 당신은 진정한 부처의 자녀인 것이다."라고 가르쳤다.

그가 40여 년 동안 쓴 시 중에 100여 편이 수록된《부디 나를 참이름으로 불러다오(Call Me by My True Names)》라는 시집에 그의 시 세계의 정수가 담겨 있다. 이 시집 1부 '역사의 장'에는 전쟁으로 인한 죽음과 아픔을 담은 시 46편이, 2부 '궁극의 장'에는 서로 안에 있음과 선, 깨어있는 마음의 수행을 노래한 60편이 실려 있다.

그의 시에는 현실의 본래 모습을 투명하게 비춰주는 아름다움이 있으며, 전쟁의 비극적 고통까지도 고매한 영적 자각의 계기로 변형시키는 힘이 있다. 소걀 린포체(Sogyal Rinpoche)는 그의 시가 부처의 목소리로 씌어졌으며, "환영을 걷어내고 자비를 일깨우는 묘한 힘이 있고, 마음을 즉각적인 명상 상태로 이끌어준다."라고 말한다.

특히 2부 궁극의 장에 실린 시들은 타고난 시인이자 선승다운 틱낫한의 면모를 한껏 드러내준다. 〈숲에서〉라는 시에서 그는 숲의 정경을 생생하게 살아 움직이며 사람과 더불어 교감하는 존재들의 장으로 펼쳐보인다. 입체적인 이미지를 통해 숲의 모양과 소리는 사람들의 그것과 다르지 않으며 같은 본성에서 나와 형상만을 달리 입은 것임을 이해하게 만든다.

"나무들의 공동체 -
그 가운데 사람 몸 하나 들어 있는
수천 그루 나무들!
가지마다 잎마다 물결 짓는다.
문득 개울이 부르는 소리.
내 눈은 거대한 마음의 하늘 향해 열리고.
잎사귀마다에
돋아나는 웃음."

그의 시는 또한 현존을 노래한다. 사람들은 끊임없이 이어지는 생각의 흐름에 휘말려 자주 과거나 미래로 달아나곤 한다. 그러나 그의 시는 기쁨과 평화로움은 언제나 지금 이 자리에서 맛볼 수 있다고 현재를 가리킨다. 깨달음 역시 다른 때가 아닌 지금 이 순간 얻는 것이라고 한다. 〈참된 유산〉에서 노래하듯이 지금이 바로 삶을 가득 껴안을 수 있는 시간이며, 그럴 때 삶은 이미 기적이 되는 것이다.

   "우리는 마땅히 자신의 행복을 즐기고
   그것을 모두에게 나눠주어야 한다.
   지금 바로 이 순간을 소중히 여겨라.
   근심의 물줄기는 놓아버리고
   네 가슴 가득 삶을 껴안아라."

매 순간 현존하며 삶과 만나기 위해서는 밥을 먹을 때나 일을 할 때나 걸을 때나 깨어있는 마음을 지녀야 한다. 이를 위해 플럼빌리지에서 수행하는 중요한 방법 중의 하나가 걷기 명상이다. 한 스님은 "만약 당신이 플럼빌리지에 있으면서 걷기 명상에 참여하지 않는다면 당신은 플럼빌리지에 있는 것이 아니오."라고 말했을 정도다.

걷기 명상의 핵심을 노래한 〈산책 명상〉이란 시에는 이 이상 압축할 수는 없는 걷기 명상의 가르침이 담겨 있다. 깨어있는 마음으로 걸으면 "평화로운 산책은 없고/ 평화 곧 산책"이 된다. 즉, 걷는 일은 걷는 행위가 아니라 그 자체로 평화로 전환된다. 이미 평화가 되어버린 발걸음은 대지에 선선한 미풍을 불러오고 발걸음으로 꽃을 피운다. 이는 대지에 입맞춤을 하는 행위와 다르지 않다고 틱낫한은 노래한다.

"걸으면서 순간마다 평화를 만져라.
걸으면서 순간마다 행복을 만져라.
발짝마다 신선한 미풍을 가져온다.
발짝마다 한 송이 꽃을 피운다.
네 발로 땅에 입 맞추어라."

깨어있음으로, 서로 안에 있음으로, 사람들은 자신을 넘어서 참된 자신이 될 수 있다. 장미가 장미 아닌 것들로 이루어진 것처럼, 형상을 입은 세계가 형상 너머의 세계에 의지해 있음을 안다면 세상은 이미 하나다. 틱낫한은 플럼빌리지에 있지만 그곳을 넘어서 있고, 그의 시는 세계를 품었으나 세계가 비워진 자리를 드러낸다. 그리하여 불교의 영역을 넘어 진리를 향하는 모든 이들의 가슴에 빛나는 연꽃을 피운다.

영혼을 깨우는 시읽기

2014년 11월 10일 초판 1쇄 발행
2019년 5월 1일 초판 3쇄 발행

- 지은이 ———————— 이현경
- 펴낸이 ———————— 한예원
- 편집 ———————— 이승희, 윤슬기, 양경아, 유리슬아
- 펴낸곳   교양인
   우 04020 서울 마포구 포은로 29 신성빌딩 202호
   전화 : 02)2266-2776 팩스 : 02)2266-2771
   e-mail : gyoyangin@naver.com
   출판등록 : 2003년 10월 13일 제2003-0060

이 도서의 국립중앙도서관 출판예정도서목록(CIP)은 서지정보유통지원시
스템 홈페이지(http://seoji.nl.go.kr)와 국가자료공동목록시스템(http://
www.nl.go.kr/kolisnet)에서 이용하실 수 있습니다.(CIP제어번호:
CIP2014030497)